Tanizaki Junichiro

少将滋干之母

しょうしょうしげもとのはは

[日] 谷崎润一郎　著

竺家荣　译

作家出版社

目 录

一

故事始于那位有名的好色之徒平中。

在《源氏物语》①"末摘花"一卷的末尾有这样一段:"紫姬吓坏了,连忙靠过来拿纸片在水盂里蘸些水,替他揩拭。源氏公子笑道:'你不要像平中那样误蘸了墨水!红鼻子还可勉强,黑鼻子就太糟糕了。'"其实源氏是故意将自己的鼻头涂红,装作怎么擦也擦不掉的样子给紫姬看,所以十一岁的紫姬急得把纸弄湿,想要亲自擦拭源氏的鼻头,这时源氏开玩笑说:"像平中那样被涂上墨水的话就糟糕了呀,红鼻头还

———————————

① 平安中期的长篇小说,紫式部著,作品描写了四代帝王七十余年的人生,文笔流利,内容丰富,并巧妙融入古今内外的众多诗歌典籍,为日本物语作品的杰作。

能忍受。"《源氏物语》的古本释解之一《河海抄》^①中有这样一个故事：从前平中去某女处佯哭，因为哭不出眼泪，就把水盂偷偷地揣进怀里，把眼皮濡湿了。这女子看穿了他的把戏，便事先磨了墨放进水盂里。平中并不知情，用墨水蘸湿了眼睛，这女子让平中照了镜子后吟咏了一首和歌："弄巧成拙妄自怜，好色本是此面颜。"据记载，源氏所言即出于此处。《河海抄》中的故事引自《今昔物语》^②，还说"《大和物语》^③中亦有此事"。可是现存的《今昔物语》和《大和物语》里并无记载。然而从源氏开这种玩笑来看，平中涂墨的故事作为好色之徒的失败谈，在紫式部时代大概已经广为流传了吧。

平中在《古今歌集》^④和其他敕撰集中留下了许多和歌，他的家谱也大致清楚，许多物语里也记载了有关他的传闻，

---

① 四辻善成著，收录了此前的诸家学说并做出评论，成书于 1367 年前。
② 《今昔物语集》，平安后期的故事集，共收录描写了人类生活诸态的故事千余个。
③ 平安中期的和歌物语，前半部分为歌人及和歌介绍，后半部分为与和歌相关的说话集。
④ 即《古今和歌集》，编于平安初期的日本第一本敕撰和歌集。

因此毫无疑问是真实存在过的人物，只是不能确定他是死于延长①元年还是六年，而且其生年也无任何记载。《今昔物语》中说："有名曰兵卫佐平定文之人，字平中，贵为皇孙，非卑贱之人。乃其时闻名之好色之徒，他人妻女、宫中侍女，不染指者少矣。"另一处说："品格高贵，容貌俊美，气质高雅，言谈风趣，其时无人能与其媲美。且不说他人之妻女，宫中侍女亦无不被其捕获芳心。"正如这里所记，此人本名平定文（或贞文），贵为桓武天皇之孙茂世王的孙子，乃右近中将从四位上平好风之子。之所以名叫平中，有人说是因为他在三兄弟中排行老二，也有人说是因为他的字是"仲"的缘故，所以也常常写成"平仲"（据《弄花抄》三条西实隆所著关于《源氏物语》的注释书记载，平中的中应读作浊音）。总之，称他为"平中"，就如同将在原业平②因排行第五且任右近卫权中将一职，又被称为"在五中将"一样吧。

----

① 延长（923—931），平安前期醍醐、朱雀两位天皇在位时的年号。
② 在原业平（825—880），平安初期的贵族，藤原公任所撰《三十六人撰》中记载的三十六歌仙之一。

这样说来业平和平中在许多方面都非常相似。两人都是皇族出身，都生于平安朝初期，都是美男子而且好色，都善于写和歌。前者是三十六歌仙之一，后者是入选《后六六撰》[①]的人。前者是《伊势物语》[②]的主人公原型，后者是《平中物语》[③]等的主人公原型。只是平中比业平的时代稍晚，从上面的涂墨故事，以及被本院侍从耍弄的故事来看，感觉他和业平有所不同，多少给人以滑稽的感觉。从《平中日记》的内容来看，不全是轰轰烈烈的恋爱谈，也有对方逃掉啦或被对方委婉拒绝啦等情况。总而言之，还有很多以"默默无言地结束了"，或"不胜其烦，剩下独自烦恼的男人"之类的词句告终的插曲。还有一些是属于粗心大意的故事，例如平中与七条后[④]身边的女官武藏，眼看愿望就要实现了，谁料

① 藤原范兼从《三十六人撰》中遗漏的歌人和之后的歌人中挑选了三十六位编成的和歌集。
② 又名《在五中将的日记》，平安时代的和歌物语，日本现存最古老的和歌短编故事集，作者不详，以原业平等人的和歌为主线，揭示了人间爱情的面面观，共收录一百二十五则故事。
③ 又名《平中日记》平安中期的和歌物语，作者不详，以平中为主人公，塑造了王朝"好事者"的典型。
④ 藤原温子（872—907），宇多天皇的妃子，别名七条后。

次日他因公差要离开京都四五天，而他又忘记了告诉女人，结果女人慨叹男人靠不住而出家当了尼姑。

然而在平中的众多女人中，最让他神魂颠倒、不能自拔，把他捉弄得狼狈不堪，最后连性命都丢掉的女人是侍从君——世人称为本院侍从。

这女子是供职于左大臣藤原时平官邸中的女官，由于时平被称为本院左大臣，因此这女子被叫作本院侍从。那时平中只是个小小的兵卫佐，尽管他的血统和家世不错，但官职很低，而且本人有些懒惰。他在日记里曾写过"宫中供职苦，吾只逍遥游"的诗句，总之是讨厌去宫里做事，整日游手好闲吧。天皇反感他这一点，曾一度免去他的官职以作惩戒。不过另有一说是，他被免官是因为比他官职高的一个男子和他争夺某女子，而该女子讨厌那个男子而喜欢平中，所以那个在爱情竞争中落败的男子对平中怀恨在心，不断向朝廷进他的谗言。《古今和歌集》第十八卷"杂歌（下）"中有这么一首和歌："忧患人间世，闭门谢客居。我身将遁隐，莫道是吾庐。"正如其歌序里说是"司职被免时之作"，当时平中正是起了出家之念才写下的。不过，在皇太后身边，也有一个和他相好的女官，他便写了一首"落魄之身如杜鹃，大限到来隐山林"的和歌送给那个女子，让其在皇太后面前为他美言，同时他的父亲好风也向天皇哀求，所以不久平中又恢复了官职。

不爱做事的平中虽然怠于去宫中供职，却常常去左大臣家问安。本院乃时平府第的名称，位于中御门之北的堀川东一丁。当时，时平作为已故关白太政大臣基经①——昭宣公的嫡出长子，又是当朝醍醐天皇②的皇后稳子之兄，可谓权倾一时。时平（其读音按说应该是训读，不过，还是按照古时的习惯，念成音读吧）升为左大臣是昌泰二年，二十九岁之时。起初的二三年间，因右大臣菅原道真③在任，时平多少受其牵制，但自从他于昌泰四年正月成功地陷害了这个政敌以后，便成为名副其实的天下第一人了。这个物语讲述

① 藤原基经（836—891），平安前期的公卿，谥号昭宣公。
② 醍醐天皇（885—930），宇多天皇的皇子，897 年至 930 年在位，共经历宽平（889—898）、昌泰（898—901）、延喜（901—923）和延长四个年号。
③ 菅原道真（845—903），平安时代的贵族、学者、汉诗人。

的，大约是三十三四岁时的时平。在《今昔物语》中记载的这位大臣也是"形容美丽，风雅无比"，"大臣的音容气度在这世上唯熏香可比，非同寻常"云云。由此，我们可以立即在眼前描绘出一位集富贵、权势、青春、美貌于一身的傲慢的贵公子形象。

一说起藤原时平，就容易让人想起在净琉璃《拉车》一剧里出现的那位恶公卿式的青眼圈脸谱。他一向被看作奸佞邪恶的人物，那是因为世人过分同情道真，也许实际上他并没有那么坏吧。高山樗牛①曾著《菅公论》，批评道真辜负了宇多太上皇起用他以抑制藤原氏专权的厚望。也有人说像菅公那样的人是没志气的爱哭的歌人，根本算不上是什么政治家，在这一点上毋宁说时平更富于政治行动力。《大镜》②中不只说时平坏的一面，也讲了他可爱的地方。例如说他有个习惯，一遇到可笑的事情就笑个不停，足以证明他那天真、开朗、豁达的个性。有这样一个滑稽的趣闻，那还是道真在

---

① 高山樗牛（1871—1902），明治时代的文艺评论家、思想家。
② 平安后期成书的纪传体历史物语，又名《世继物语》。

朝，和时平二人共同处理政务时的事情。因为时平总是粗暴地处理政事，从不让道真过问，道真的一个负责记录的属下便想出一计。一天，他在把文件夹呈交给左大臣时平的一刹那，故意放了个很响的屁，时平听见立刻哈哈哈地捧腹大笑，怎么也停不下来。他笑得前仰后合没办法批阅文件，于是道真得以从从容容地按照自己的意愿进行了裁断。

时平还非常有勇气。道真死后，人们都深信他的灵魂会变成雷神向朝中大臣报仇。一天，雷击清凉殿，满朝公卿大惊失色，时平却拔出佩剑，凛然瞪视天空呵斥道："你在世时不是位居我之下吗？即使变成了神，到我们这个人世间来也必须尊敬我。"就像是畏惧他的气势，雷鸣竟然停了下来。因此《大镜》的作者认为，他虽是个做了许多坏事的大臣，但也是"非常具有大和魂的人"。

这样说来，时平似乎只是个鲁莽冒失、公子哥出身的捣蛋大王，但他也有令人意想不到的一面。传说醍醐天皇和这位大臣曾密谋惩戒社会上的奢靡之风。有一次时平穿着违背天皇规定的华美服装进宫谒见，天皇从板窗的缝隙中看到后立刻板起了面孔，并召来宫中职事说："近来规戒严格，左大臣虽说位列百官首位，但穿着华丽的服装进宫也太不像话，赶快命他退下。"职事不明白是怎么回事，便诚惶诚恐地传达了圣旨。时平更是不知所措，也不让随从鸣锣开道，而是狼狈地出了宫。以后一个月他坚决闭门谢客，即使偶尔有人来访，也只说"因为天皇的处罚很重"而谢绝会客，连屋门都不出。这件事渐渐传开，世人都变得勤俭节约起来，其实，这是时平和天皇事先商量好的苦肉计。

平中常常去这位时平家问安，并没有献媚于权贵以求抓住升迁机会的企图，一方面是因为这位大臣和兵卫佐说话投缘。尽管两人从官职、等级来说有很大距离，但说起家谱和家世，平中并不逊色，而且两人兴趣、修养也相同，还都是喜欢女人的贵族美男子。因此两人经常在一起兴高采烈地谈论什么，便可以猜个八九不离十了。当然，陪伴左大臣并不是平中来访的唯一目的。跟左大臣聊到深夜以后，他就估摸着适合的时机告退。但他很少直接回自己家去，只是在大臣面前做出回家的样子，其实是偷偷去女官们的房间那边，在侍从君的房间外面转来转去，这才是他来访的真正目的。

　　然而有件事却十分滑稽。从一年前开始，平中就经常偷偷地去那边，站在自认为是她的房间的拉门外屏息偷听，或是站在回廊栏杆边偷看，一直很有耐心地寻找机会。可是一直所向披靡的平中，这回却运气不佳，别说没能打动她的芳心，连这位风传是世上少有的美女的容颜都没有偷看到。他不只是运气差，对方好像也在故意回避他，因此平中更加烦恼。这种情况下，常用的手段是让她身边的侍女代转书信，可是尽管没有任何疏漏，送了两三次信却全然不见回信。平中经常揪住那个侍女执拗地叮问：

　　"你确实替我交给她了吗？"

　　每次，侍女都同情地看着平中的脸孔支支吾吾地说：

　　"是的，我已经交给她了，可是……"

　　"她收下了吧？"

　　"是啊，确实收下了。"

　　"你跟她说，希望一定得到回信了吗？"

　　"我也这样说了，可是……"

"然后呢？"

"小姐什么也没说。"

"她看了吗？"

"也许看了吧……"

就这样，平中越是追问，侍女越感到为难。

有一次，发生了这样一件事。

在照例详详细细地倾诉了仰慕之情之后，他又添上几句带着哭腔的话让侍女转交："至少我想知道您是否看了我的信。不一定非要你写亲热的话语，如果看了的话，请您回一封哪怕只有'看了'两个字的信。"这次侍女破天荒地微笑着回来了，对他说："今天有回信了。"然后递给他一封信。平中激动万分，恭恭敬敬地接了过来，急忙开封一看，只有一张小纸片。他仔细一看，原来是把他刚才送去的"请您回一封哪怕只有'看了'两个字的信"中的"看了"两个字撕下来放进了信封里。

就连平中都万万没想到会收到这样的回复，一时间竟瞠目结舌。他和很多女人谈情说爱过，却从未遇见过如此故意刁难、冷嘲热讽的女人。无论如何他也是尽人皆知的美男子平中呀。一般的女人如果知道是平中求爱，都会很容易就喜欢上他，像侍从君这样厉害地对待他的一个也没有。因此，平中感觉就像被人用力打了个耳光一样，那以后很长时间再也没去找她。

此后的两三个月间不用去找那女子，非常现实的平中自然也就怠于去左大臣家问安了。偶尔去问候，回来时也不再走到女官住的那边。他告诫自己那里是不吉利的地方，总是迅速便离开了。那以后又过了几个月，一个下着梅雨的晚上，平中又去了大臣家，夜深了才出来。本来淅淅沥沥下着的梅雨突然下大了，要冒着这么大的雨回自己家令他不快。这时他忽然转念一想：如果在这样的夜晚去拜访那个人的话，会怎么样呢？虽然上次她搞的那个恶作剧是过分了点，想想很可气，不过她也是用了点心思的。也许对方这样百般捉弄自己，意在表明不讨厌我，对我感兴趣吧？可能是想让我知道她"可不像那些女人似的，一听到你的名字就喜出望外"吧？如此看来，自己还是应该坚持下去的好——由于平中内心仍怀有这样的自负，尽管被她那样苛待，也不引以为戒，不打算完全放弃。况且，在这样大雨倾盆的漆黑夜晚去拜访的话，纵然有着魔鬼心肠的女人也不可能不动心。这样一想，他就情不自禁地匆匆朝那个应该忌避的方向走去。

"哎呀，我以为是谁来了呢……"

来开门的侍女透过夜色，看到大雨中无精打采地站在外廊地板上的平中，异常吃惊地说。

"您好久没来了吧？我以为您已经放弃了呢。"

"没有啊，怎么可能放弃呢？男人遭遇到那种对待，会爱得更强烈。从那以后没再来，是因为我觉得总是纠缠不休也很失礼。"

平中故作冷静，以免露丑，但声音颤抖得连自己都觉得可笑。

"虽然过了很长时间，但我一天也没忘记过她，一直一心一意地想念着她。"

"您要带信吗？"

侍女不理睬他啰里啰唆的诉苦，直截了当地问道。

"我没拿什么信来，反正她不会回信，写了也没用。不过，姑娘，拜托你，哪怕就一小会儿，哪怕就看一眼，不，哪怕隔着东西，请让我见见她，听听她的声音。我是实在控制不住思念之情，才冒雨而来的，能不能稍微可怜可怜我呀？"

"可是其他人还没睡，现在恐怕不太方便……"

"我会等，不管到什么时候。直到其他人都睡下为止——今晚不见到她的面，我不打算离开此处。"

平中一个劲儿地这样说。

"姑娘，拜托你了，真的。"

他像个磨人的孩子一样喋喋不休，抓住侍女的手不放。侍女用半是吃惊、半是害怕的眼神盯着这个男人扭曲的脸孔，无可奈何地说：

"那么您真的会等吗？如果等的话，我只能在其他人走了以后试着说说看。"

"多谢姑娘，全靠你了。"

"可是，时间还早着呢。"

"我有心理准备。"

"真的只是转达，她见不见您，我可不能保证。"

然后，侍女又道："请您站在那边的拉门前面等，尽量不要让人看见。"说完退入了房间。后来，平中不知站了多长时间。夜渐渐深了，可以听到人们准备睡觉的声音，不久女官们的房中变得寂静无声。突然，平中倚靠的拉门里面好像来了个人，咔哒一声摘开了门钩。

"太好了。"他试着推了推拉门，轻易地就推开了。平中感到像做梦一样，心想，"今晚她终于被我打动了，答应了我的请求。"他兴奋得直发抖，蹑手蹑脚地溜进去，从里面挂上了门钩。房中漆黑一片，刚才他仿佛听见有脚步声，此刻却看不见人影，只能闻到整个房间里弥漫着浓郁的熏香味儿。平中在黑暗中摸索着一步步前进，逐渐爬到了像是她卧室附近的地方。他估计差不多了，就伸手去摸，他的手触到了披着丝衣躺在床铺上的身体。纤细的肩头、姣好的头形，准是她没错。他抚摸了一下她的头发，感觉她浓密的秀发像冰一样凉。

"您终于愿意见我了……"

对这类场合一向应付自如的平中，由于太喜出望外了，竟然一下子想不出合适的词语来，而情不自禁地抖个不停。好容易说完这句话后，就只是一声接一声地叹息个没完。他双手从她的头发上移到脸颊上，使她的脸颊正对着自己的脸，想要看清她那据说很美的容貌。可是不论脸和脸靠得多近，由于两人之间黑漆漆一片，还是什么也看不清。就这样凝视了一会儿，似乎隐隐约约地看到了微白的幻象。女人在这期间一言不发，默默地由着平中摆弄。平中来回抚摸着女人的整个脸颊，根据触觉想象它的轮廓，可是女人仍然柔软地伸展着身体，一动不动地躺着，完全听任男人的摆布。她的无言只能令男人感到她已完全顺从于他了。当女人感到男人开始有什么动作时，似乎突然想起什么似的，一边说"等一下"，一边挪开了身体。

"……我忘了挂上那边拉门的门钩了，我去挂一下。"

"马上就回来吧？"

"嗯，马上……"

女人所说的拉门就是现在的隔扇，是用作与隔壁房间隔断的东西。如果那儿的门钩不挂上，就有可能从隔壁房间进来人，所以平中无可奈何地放开了手。女人起来后，脱掉了套在外面的衣服，只穿着单衣和裤裙就出去了。这段时间，平中宽衣解带躺下等她，可是，虽然明明听见挂门钩时咔哒响了一声，却迟迟不见女人回来。隔扇就在不远处，她怎么耽搁了这么半天呢？……说起来，刚才门钩的声音响了以后，好像听见女人的脚步声逐渐远去，之后这屋里便没有一点动静了。他总觉得不大对劲，便悄声问道：

"您关好了吗？……如果……"

可是没人回答。

"如果……"

他一边说着，一边爬起来走到隔扇那边。一看他才发现怪了，这边的门钩开着而那边的门钩扣着。原来女人逃到了隔壁房间，从那边扣上门钩后去了别处。

难道自己又被这女人给捉弄了吗？……平中呆呆地靠着隔扇站在黑暗中。可是，这又是什么意思呢？深更半夜，故意把人家引诱到自己的闺房，却在关键时刻躲藏了起来。在这之前，她做得已经很过分了，但今天的事更是不可思议。事情好不容易进展到这一步，就在今天，离终于得尝素日倾慕之愿——尽管刚才抚摸她那冰凉的秀发，触摸她那柔软的面颊的感觉还残留在手中——只差一步之遥的时候，竟眼睁睁地让她溜掉了——已握在手里的珍珠居然从手指缝中滑落了——想到这里，平中流下了懊悔的眼泪。现在回想起来，刚才女人起来去关门时，自己也应该跟着过去呀。糟糕的是自己太疏忽大意了。大概女人正是想试试他有多高的热情吧？如果他由衷地为今晚的约会而感动，当然一刻也不会离开她的身边。而自己却躺着不动，让她一个人去关门，她一定很不满意。也许她心里想："稍微对他表示了一点儿热情，他就如此得意忘形，还要多多惩罚他才行。抱歉得很，要想得到我这样的恋人，还需要忍耐再忍耐……"

以这女人乖僻的个性来推断，估计她回来的希望不大，但平中还是不死心，时不时侧耳倾听隔扇那边的动静。最后他回到睡铺，也不马上穿上衣服，而是一会儿抱抱、一会儿摸摸那女人的衣服和枕头，还把脸贴在那枕头上，把她的衣服套在身上，长时间一动不动地趴着。他想："……好吧，管它天亮不亮呢，就一直这样待在这里，被人看见时再说……我就这样固执地坚持下去的话，她也不得不让步而返回来吧……"他这样胡思乱想着，在笼罩着她的浓郁香味的黑暗中，听着寂寞的雨声，一夜没合眼。将近拂晓时，外面渐渐响起了嘈杂的人声，平中觉得实在无脸待下去，便偷偷地溜走了。

自打这件事以后，平中对侍从君愈加认真而投入了。如果在此之前，他还是以几分游戏的心态追求她的话，从那以后却是完完全全地坠入了情网，不达目的不罢休。照这样热情高涨下去，眼看就会陷进那个人预备的圈套之中，但他还是一步一步地被引入圈套，怎么也控制不了自己。而且，除了托侍女带信之外，他想不出更好的主意，只有在信的写法上绞尽脑汁，用各种各样的词汇，反复为自己那天晚上的过失道歉——我虽然也感觉到您会考验我，还是一不小心犯下了那天晚上的错误，我真是懊悔之极。也许您觉得这证明了我对您的热情不足，但是，请您看在去年以来我一直都不曾气馁的分儿上，对我稍加怜悯，再恩赐我哪怕一次像那天晚上一样的机会好吗？——大意不过如此，却是用尽了各种各样的甜言蜜语写的。

二

不知不觉间那一年的夏天过去了，到了秋末，平中家篱笆上的菊花开始芬芳吐艳了。

这位古今驰名的花花公子，不仅爱慕人间美色，对植物之美也有一颗慈爱之心，特别擅长栽培菊花。在《平中日记》里，有这样一段："这男子还喜好在庭院里植花种草，种植最多的是美丽的菊花。"还说："在一个美丽的月夜，一群女子趁着平中不在家时偷偷地来赏菊，把写有和歌的纸条系在长得比较高的花茎上之后就回去了。"《大和物语》中也记载有：住在仁和寺的宇多太上皇——亭子院天皇曾召见平中说："我想在佛前种菊花，你献上好菊花来。"平中恭恭敬敬地正要退出去时，太上皇又叫住他说："你将菊花配和歌献上，不然我不收。"平中更加诚惶诚恐地退下，从自家庭院里盛开的菊花中挑选了几株出色的，并为花配上和歌，献给了太上皇。《古今和歌集》第五卷"秋歌（下）"中附着"仁和寺的宇多太上皇命我献菊花时需附上和歌，奉诏作歌"序言的即是这一首。

秋去重阳过，菊残尚有时。

花颜虽变化，花色却增姿。

且说到了他精心栽种的菊花都香消玉殒的那年冬天，一天晚上，平中去本院大臣的家里问安，东拉西扯地陪大臣聊天，除他以外还有五六个公卿也在座。起初还很热闹，渐渐地客人们陆续都走了，不知什么时候，只剩下大臣和他两个人了，打算要回家的平中也想找机会退出来。只要剩下他俩时，时平总要谈论女人，这已经成了他们两人的习惯。当时平问起"你最近没有什么收获吗？不必对我隐瞒啊"时，平中虽然心不在焉，无奈已失去了离座的好时机，只好又谈了一会儿只有在亲密的朋友间才会说的私密话。平中不知大臣最近对他与侍从君的事是否有所耳闻，担心大臣会说出这件事来挖苦自己，心里一直惴惴不安地暗暗提防，所以总是聊得不起劲。这时时平像是想起了什么似的，突然把坐垫从上座移过来，贴近平中说：

"有件事想跟你详细打听打听……"

"果然要问了。"平中想着，心里咚咚乱跳。

时平笑嘻嘻地说："哦，冒昧地问你一件事，那个太宰府长官大纳言家的夫人……"

"哦，哦。"

平中应着，莫名其妙地注视着时平的笑脸。

"那个夫人，你一定知道吧？"

"是哪个……夫人呢？"

"别装糊涂，知道的话还是老实说知道的好。"

看到平中慌慌张张的样子，时平又往近靠了靠。

"忽然间说出这样的事，也许你觉得很奇怪，听人家说那个夫人是世上罕见的美人，是真的吗？……喂，你可不要装糊涂……"

"没有，我没有装糊涂。"

原来不是自己所担心的侍从君的事，而是要打听另一个意想不到的人，平中这才松了一口气。

"这个人，你知道吧？"

"不……我怎么会知道呢？"

"不行，不行，即使你隐瞒不说，早晚也会被揭穿的。"

两人之间进行这样的问答并不少见。经常是时平一开玩笑，平中最初佯装不知，在时平一再追问之下，就会改口"也不是不知道"，再进一步追问下去，就变成了"只是通过信""见过一次""实际上是五六次"，最后就什么都坦白了。让时平吃惊的是，凡是社会上评价好的女人，平中几乎没有不染指的。今晚也是如此，在时平的逼问下，平中逐渐地语无伦次起来，嘴上拼命否定，脸上的表情却开始肯定，时平再一追问，他就开始慢慢地招认了。

"是这样，在侍奉那个夫人的女官中，有个与我关系稍微亲密一点的女人。"

"嗯，嗯。"

"我是听她说的，那位夫人是个漂亮得无与伦比的美人，年龄也就刚刚二十岁……"

"嗯，嗯，这些我也听说了。"

"可是，毕竟大纳言已经很老了……他大概多大年纪了呢？看起来至少有七十多岁了吧……"

"是的，大概是七十七八岁吧。"

"这么说来，和夫人要相差五十岁以上，那么夫人真是太可怜了。虽然投生为世上少有的天生丽质的美女，竟然嫁了个像祖父、曾祖父那么老的丈夫，想必心存不满吧。那女官说夫人自己也为此感叹，还对身边的人说过'还有像我这么不走运的人吗'之类的话，也曾偷偷哭泣过……"

"嗯，嗯，还有呢？"

"还有的就不用说了。由于这样，结果就……"

"哈哈哈哈……"

"您可以大概猜想到……"

"我也估计到可能是这样，果然是这样啊。"

"见笑了。"

"那么，你见过她多少次呢？"

"要说多少次嘛，也不是那么经常见，也就一两次吧……"

"不要撒谎。"

"真的，没有撒谎……靠着那个女官从中牵线，只有那么一两次机会，而且也没到特别融洽的程度。"

"算了，这个无所谓。我更想知道她是否确实如人们所说的那么美。"

"是这样啊，这个嘛……"

"怎么样呢？"

"怎么说才好呢？"

平中故意逗他，一边忍着笑，一边煞有介事地歪着头。

那么，这两个人所谈论的"太宰府长官大纳言"和他的夫人是什么人呢？大纳言就是藤原国经，他是闲院左大臣冬嗣的孙子，也是权中纳言长良的嫡出长子。时平是这位国经的弟弟——长良的三子基经的儿子，所以他和国经是叔侄关系，但从地位来说，原太政大臣关白基经的长子、摄政家的嫡子时平要高得多，已经位居左大臣这一显赫官职的年轻侄子，是瞧不起老朽的伯父大纳言的。

国经在当时来说是非常长寿的人，延喜八年以八十一岁高龄辞世。他一生都是个没有才干的老好人，好不容易才升到了从三位大纳言的位子，这多半是托了长寿的福吧。由于他曾当过太宰府权帅，所以被称为太宰府长官大纳言，实际上他成为大纳言是延喜二年的正月、他七十五岁的时候。他唯一的长处，就是身体非常健康，精力非常人可比，如此高龄却拥有二十几岁的夫人，还生了个男孩儿，由此可见一斑。附带提一下，在当今昭和时代，就在最近，有个六十八九岁的著名老和歌诗人和四十多岁的某夫人搞"黄昏恋"，成为报纸和杂志大加渲染的桃色新闻，引起了社会上极大的轰动，这件事给人印象很深。这位老和歌诗人的知心朋友们最常讨论的问题是他的体力是否能够受得了。有个好事者曾悄悄地询问过夫人，结果证实，夫人在那方面没有任何不满，这令人再一次对老和歌诗人的精力又是羡慕又是惊讶。在现代社会中这种组合的性生活作为稀有之事尚且如此引人注目，那么像国经那样以比老和歌诗人还要大八九岁的高龄，娶了比自己小五十岁的女人为妻，在从前的平安时代不就更为罕见了吗？

再说那位年轻夫人，她是筑前①的长官在原栋梁的女儿，也就是在五中将业平的孙女，但这位夫人的准确年龄不详。虽说夫人和大纳言相差五十岁好像不大可能，但在《世继物语》②中有"年仅二十"，《今昔物语》中也有"二十余岁"的记载，因此可以认定她是二十一二岁。虽不能说因为她祖父是业平，她就一定是美女，但由于她的儿子敦忠也是个美男子，因此她大概也有着不愧为美人家族一员的容貌吧。时平不知从何处听来了这些关于她的传闻，还听说她有时背着丈夫招来情人，而那个情人不是别人，正是平中，所以他就悄悄燃起了野心："如果这是真的，如此美女就不能让步履蹒跚的老翁和平中那样官位低微的人享用，须由乃公取而代之。"恰巧一无所知的平中这天晚上前来问安了。

① 旧国名，位于现在的福冈县西北部。
② 成书于镰仓中期的故事集。

正如后面所述，不久时平的愿望就实现了，他顺利地将这位比自己小十岁的伯母从伯父那里夺过来据为己有。《大和物语》中记载了一首据说是这位夫人还是国经妻子时，平中送给她的和歌：

春野遍绿五味子，愿汝能做吾君实。

这里的"君实"是正妻的意思，尽管不知他在多大程度上是真心说的，但既然写这样的诗句送给她，说明平中还算是认真的。他突然被时平揭穿了秘密，才慌慌张张地作了回答，其实他还有几分无法忘记这位过去的恋人。他原本是个见异思迁的男人，所以迄今为止和他有过关系的女人不计其数，大多数当场就抛弃了，甚至已不记得她们的相貌和名字。虽说和这位美丽的夫人近来疏远了一些，却有过非同寻常的关系。眼下，他追求侍从君已到了欲罢不能的地步，一门心思只想着那边，可是也没有完全和夫人断绝缘分。特别是在意想不到的时候，被时平这么一问，平中又重新想起了她。

"不，就像刚才说的，只见过一两次，说不太清楚，不过，她真的是相貌出众，名不虚传。"

平中虽然半遮半掩，还是一点一点地说了出来。

"嗯，这么说和社会上的传闻一样啦……"

"我就毫不隐瞒地说吧，那么漂亮的人真是罕见。我敢说，在迄今为止我见过的人当中，那位夫人是最漂亮的。"

"嗯。"时平哼了一声止住呼吸。

"那么，据你所知，夫妻俩的关系怎么样？和老人之间不太融洽吧？"

"啊，她曾含着泪水感叹自己的不幸，可是她也说过：'大纳言是个特别亲切的人，非常珍惜我。'所以她的心情到底怎么样，真实的情况就不得而知了。不管怎么说，她还有个可爱的公子……"

"她有几个孩子？"

"好像只有一个公子。大约四五岁了……"

"噢，那么是过了七十岁以后有的孩子吧。"

"是啊，可了不起呢。"

在时平刨根问底的追问下，平中把自己知道的都毫不吝惜地告诉了他。"诚然，不知今后是否还能遇上这样美丽文雅的女人，但是自己和她恋爱过了，已经知道了她的魅力如何，和她的梦已做完了。并不是对她失去了兴趣，但是比起她来还是陌生的女人好——只有能不断变换技巧点燃自己热情的女人，才更为强烈地吸引自己。"——这就是平中此时的心情。渔色者的心理从王朝时代的名士到江户时代的玩家，同样都是不留恋过去的女人。平中觉得，如果左大臣迷恋她的话，不管怎样还是能够随他心意的好——但他又觉得，背着大纳言那样的好人做出这种不义之事，不知别人怎样，他自己是不能心安理得的。虽说在跟人家的女人私通这一点上他算是惯犯，但看到那个瘦得皮包骨头的可怜老翁好不容易获得了年轻美丽的妻子，奉若至宝、心满意足的样子，他竟然起了恻隐之心。

顺便提一下，大纳言国经和平中之间除了这位夫人的关系以外并没有直接的深交。但在《平中日记》里有这样的记载:"有一年秋天,国经因为一件小事派使者来平中家送信的时候,平中摘了一枝在庭院里盛开的菊花附在回信中。收到菊花的国经立即作了一首和歌赠给他。"

老臣拄翁杖,亦欲赏菊花。

平中也和了一首。

君若临寒舍,菊花香更浓。

不清楚这是什么时候的事,大概是平中自觉摘了这老头儿最珍爱的"花",才不无嘲讽地送了他那样的礼物吧。

三

那以后，时平在宫里一见到国经，就赶紧客气地打招呼。对这位官位虽低，却是他伯父的老者表示尊敬，按说也是应该的，只是时平自从把菅公整下台以来，态度格外傲慢，在朝廷飞扬跋扈，从未把这位伯父放在眼里。谁知如今一遇到伯父就满脸堆笑，还假惺惺地说些关心体贴的话，"您这样健壮真是太好了，最近天气寒冷，没有受不了吧"或是"当心不要感冒啊"等。一天早晨天气非常冷，看到伯父大纳言冻得流下了鼻涕，他悄悄地靠过去，提醒说："鼻涕流出来了。"还小声说，"要是冷的话，应该多穿点儿棉衣。"

和一般长寿的老人一样，大纳言有点儿耳背。他反问时平：

"棉衣？……"

"嗯，嗯。"

时平点点头，又说了些老人听不明白的话。老人刚回到府里，左大臣派来的使者便送来了很多雪一样白的棉花。使者传口信说："像您这样快到八十岁的人还保持着矍铄的精神，甚至超过年轻力壮的人，真令人羡慕。国家有您这样的朝臣真是可喜可贺。请您今后更加保重身体，长命百岁。"然后放下那些礼物回去了。两三天以后，从早晨就开始下的大雪到傍晚已积了将近一尺，这时又有使者来，带口信说："这样的下雪天您如何度过呢？我想您今晚大概会格外寒冷……"说着把衣箱恭恭敬敬地搬了进来，又说，"这是来自大唐的东西，是以前我家先代昭宣公冬天穿的。左大臣说他还年轻，没机会穿这样的东西，想让伯父代替先父用。"说完把箱子放下就走了。从衣箱里拿出来一看是气派的貂皮大衣，散发着陈年的熏香味。

那以后时平又送了几次礼物。有时是锦缎、绫罗等纺织品，有时是从大唐运来的各种珍奇香木，有时是染成淡紫色、金黄色等颜色的成套衣物。只要一有机会，时平就找各种各样的借口不断地派使者来。大纳言并不怀疑时平有什么企图，只是满怀感激之情。人往往一到老年，只要年轻人说一点儿慰问的话，就不禁高兴得要掉眼泪，何况是生性迂腐、懦弱的国经。尤其对方虽是侄子，却是天下第一的人物，是将来可能会继承昭宣公的家业，成为摄政、关白的人，他竟没忘了骨肉亲情，对一无长处的老伯父如此照顾。

"长寿还真是好啊。"

一天晚上，老人用自己满是皱纹的脸贴着夫人丰满的面颊说。

"我娶了你这样的人为妻，本来觉得自己已经够幸福了，最近像左大臣这样的人都对我如此关心……人真是不知道怎么会交到这样的好运。"

老人的额头感觉到夫人默默地点了点头，于是脸贴得更紧了，两臂搂抱着她的脖颈，长时间地抚摸她的头发。最近老人爱抚的方法变得执拗了，两三年以前却还不是这样。冬天他每晚须臾都不让夫人离开，整晚身体没有一点儿缝隙地紧紧贴着夫人睡觉。加上左大臣近来对他表示了好意,老人感激之余总要不觉多喝几杯,酩酊大醉之后进了房间就更加固执地纠缠她。而且这老人还有一个习惯,他讨厌卧室黑暗,总想尽量把灯弄亮。这样做是因为老人觉得只用手爱抚夫人不够,有时还喜欢退后一两尺的距离,仔细地欣赏她的美貌。为此,使周围保持明亮是很必要的。

"其实我穿什么已经都没关系了。那些绫罗绸缎就给你穿吧。"

"但是大臣说要您当心不要感冒,才送来的……"

夫人一向说话声音很小,要让耳背的老人听见她的声音很困难,所以自然对丈夫说的话就少了,进卧室以后更是基本上不说话,所以这对夫妻之间很少互相讲枕边话,差不多都是老人一个人不停地说,夫人只是点点头或把嘴靠近老人的耳朵边说上一两句。

"不,我什么也不要。所有的东西都是给您的……我只要您这个人……"

听夫人这么一说,老人又把自己的脸稍稍远离妻子的脸，拨开垂在妻子额头上的头发，使灯光照着她的面容。这种时候，夫人总是感觉到老人骨节凸起的弯曲手指或是哆嗦着摆弄她的头发，或是摩挲她的脸颊，她也老老实实地闭上眼睛任由老人抚弄。与其说这是为了避开照在脸上的晃眼的亮光，还不如说是为了避开老人贪婪的眼神的凝视。年近八十的老人有这样热烈的感情确实不可思议，但这位自认为强健的老人近一两年来体力渐渐开始衰退，这首先在性生活上显露了出来，老人也意识到了这一点。可他心有余而力不足，感到很焦急。只是对于他来说，比起自己的愉悦不能如愿，更多的是感到对不起这个年轻的妻子……

"不，您别这么担心……"

老人坦率地向夫人表达了"我觉得对不起你"的意思，夫人默默地摇摇头，反而觉得丈夫很可怜。她说："上了年纪那是正常的，不要放在心上，如果违反生理规律勉强而为，才对身体不好，与其那样，我还是希望您好好养生，健康长寿。"

"你这么说，真叫我惭愧呀。"

老人听了夫人温柔的安慰，更感受到夫人对他的体谅。他注视着再次闭上眼睛的夫人，心想："到底她的内心深处在想些什么呢？"尽管她拥有如此的美貌，却和自己这个比她大五十多岁的丈夫结了婚，不可思议的是，她看起来对自身的不幸并没怎么觉察到，这倒使大纳言总感觉自己欺骗了不懂世故的妻子，把自己的幸福建筑在了妻子做出的牺牲的基础上。老人怀着这样的疑虑注视着她，越发觉得这张脸孔充满了神秘，不可捉摸。自己独占着如此的宝物，只有自己知道世上有这般美女，甚至连她本人都没意识到。老人想到这些，不禁有些得意，甚至产生了把美丽的妻子炫耀给人看的冲动。反过来说，如果她真的像嘴上说的那么想的话——如果她对自身性方面的不满足并不介意，只是真心实意地希望年老的丈夫能够长寿的话——对她的深厚情意自己回报什么才好呢？自己的余生能注视着这张脸度过，便可满足地死去，可是，让这个年轻的肉体和自己一起腐烂掉太可怜也太可惜了。凝视着被紧紧地搂在自己两臂间的这个宝物，老人不由产生了倒不如自己早日消失，以给她自由的怪念头。

"您怎么了？"

感觉到老人的泪水滴落到自己的睫毛上，夫人吃惊地睁开了眼睛。

"啊，没什么，没什么。"

老人像是在自言自语。

几天以后，即那一年只剩下几天的十二月二十日左右，时平又送来了许多礼物。使者转述口信说："望大纳言来年更加添寿，听说您离八十大寿越来越近，我们作为亲戚不胜恭贺。送上薄礼聊表喜悦之情，请您一定笑纳，迎接美好的初春吧。"使者附带还传达了时平可能要在正月的头三天里来大纳言的宅第拜年的意思，"大臣说，自己的伯父中有这样长寿的人是一族最大的荣誉。自己早就想和这位伯父好好地对饮，共享喜悦，另一方面还想请教养生之术，使自己也能像您一样健康，只是一直没有机会，过几天一定要实现这个愿望，这个正月是个好机会。自己以前每年都没有到伯父府上来拜年，觉得很对不起，从明年春天开始一定要来问安，为几年来的失礼向您道歉。大臣吩咐我来告诉您，头三天里大臣一定会来府上拜访。"使者说完就回去了。

这个口信越发使国经惊喜。事实上，时平来这位大纳言宅第表达岁首之礼，可以说是前所未闻的。这位给予自己很多恩惠的年轻的左大臣，只因自己是一族中的年长者，便多次给这一介老夫送来了大量财宝，这次又赐予了屈驾光临寒舍的荣耀。国经一整天寝食难安地想着对于左大臣无法估量的恩情要如何回报。他以前也想过：尽管我这里无法和左大臣的府第相比，但是哪怕左大臣只是一个晚上光临我家的宴会，我也要尽心竭力地招待，让他能够知道我感激之情的万分之一也好。但转念一想，又觉得他不会轻易来自己家，提出来也没有用，只会成为笑柄，说我是个不自量力的家伙，就没敢提出邀请，万没想到左大臣自己提出要来做客。

从第二天开始，国经的宅第突然热闹了起来，许多工匠进进出出。离正月所剩日子不多了，为了迎接尊贵的客人，雇佣了工匠、园丁修缮府第，整理庭园。家里所有房间、柱子都擦得闪闪发亮，榻榻米、拉门、隔扇全部换新，还挪动了屏风、帷幔的位置，改变了客厅的布局。家臣、老侍女负责指挥，这也不行，那也不行，一个家具反复摆放好几次，一会儿让搬到那儿，一会儿让搬到这儿，还移栽了庭园里的树，封堵了池水，拆掉了部分假山。国经亲自来到庭院坐镇指挥，在树木、石头的布局上下了很多功夫。在国经看来，这实在是一生一世的体面，是为晚年增光添彩之事，因此，这次的准备工作，哪怕倾注再多的人力和物力也不可惜。

正月初二左大臣家预先来了通知，接下来初三这天，华丽的车辇和骑马的队列开进了大纳言的官邸。虽然事先说过为了不过于张扬，随从的人数不会太多，但是，右大将定国、式部太辅菅根①等——从经常在时平身边效力的跟班，到五位以上的公卿显贵跟随来了很多，平中也在其中。申时过后，客人们各自就座，宴会开始以后，很快天就黑了。那天晚上觥筹交错，喝得格外热闹，主宾双方都醉得很快，这也许是了解内情的定国、菅根等人劝酒的缘故吧。

酒过三巡，时平说："光喝酒没意思……"说完朝末座那

---

① 藤原菅根（856—908），平安前期的贵族，因曾在众人面前被菅原道真打耳光受辱，后在道真左迁之时阻止他人向天皇进谏。

边打了个手势，一位少纳言拿出横笛吹了起来。和着笛声不知谁又弹起了古琴。有人用扇子边打拍子边唱歌。接着又搬出了筝、和琴、琵琶等。

"老人家，老人家，还是应该从您先开始……"

"主人家不能如此拘谨，不然我们的酒也醒了。"

"不，我十分感谢，十分感谢……老朽已是荣幸之至，荣幸之至……八十年来头一次如此高兴……"国经带着醉意说。

"哈哈哈哈。"时平用他特有的朗声大笑打断了他的话，"别这么拘谨，放松下来，好好热闹热闹吧。"

"的确如此，的确如此。"

说着，国经突然大声地吟了一首诗。

"劝我酒，我不辞。请君歌，歌莫迟……"出自白居易《劝我酒》。

老人爱读《白氏文集》①，乘兴背诵了一首。一般来说，

———————

① 中国古代流传到日本的一部诗集，又名《元白诗笔》，即诗人元稹和白居易的诗集。

这种时候他的酒劲儿就要发作了。

"……洛阳女儿面似花，河南大尹头如雪……"与下句皆出自白居易《醉歌》。

国经年纪大了以后饮酒有所节制，可他本来就喜欢喝酒，多少都能喝下。今晚作为主人迎来了非同小可的人物，国经不敢有差错，所以起初尽可能地控制酒量，但他心中涌起的喜悦之情无法抑制，加上客人们频频敬酒，紧张的心情便不知不觉地有所松弛，兴奋起来。

"不，即使白发如雪，您旺盛的精力也令人极为羡慕啊。"

说这话的是式部太辅菅根。

"虽说我也算是老人，可过了年也才五十岁，在您老来看就像孙子一样，可我最近也明显地感到衰老了。"

"您这么说我很荣幸，可我已经老得不行了……"

"说不行是什么不行呢？"时平说。

"什么都不行了，而且这两三年以来更加不行了。"

"哈哈哈哈。"

"玲珑玲珑奈老何。"老人又吟起了白居易的诗。

有两三个公卿轮流站起来跳舞，宴会逐渐达到了高潮。这夜春寒料峭，客厅里却热闹非常，沸腾着欢歌笑语。人们都解开上衣的领子，有的脱掉一只袖子露出衬衣，大家都忘记了礼法尽情欢闹着。

四

　　主人的妻子——大纳言的夫人一直透过帘子偷窥客厅里的情景。起初，因为围在客人座位后面的屏风挡着视线，她看不太清楚。后来不知是有意还是偶然，随着喧闹逐渐加剧，人们一会儿起来，一会儿坐下，那屏风也一点点地被折了起来，现在能从正面看见左大臣的容貌身形了。左大臣就在夫人斜对面隔着三四块榻榻米的地方面对这边坐着。正好他前面放着座灯，所以尽管隔着帘子，还是一览无余。他那白皙富态的脸庞因喝醉了酒而泛着红润，眉头不时神气地抖动着，笑起来很可爱，眼角、嘴边都洋溢着孩子般的天真。

　　"哎呀，多么高贵啊……"

　　"高贵的人真是与众不同呀。"

旁边的女官们像是为了求得夫人的认同，悄悄地互相拉着衣袖感叹着，夫人用眼神责备了她们，可身体像是被吸引了一样，又往帘子那边靠过去。首先让夫人吃惊的是作为主人的国经露出平常所没有的醉态，衣冠不整，口齿不清，声音嘶哑，而左大臣好像也醉得不亚于他。不过丈夫不愧为大纳言，并没有完全失态，他一会儿看看这儿，一会儿看看那儿，眼睛游移不定地不知在看什么。左大臣也腰板挺直地端坐着，即使醉了也威容不减，还不断地倒满酒杯喝着。

在管弦乐曲的间奏期间，大家都唱着催马乐①。左大臣优美的嗓音和吟咏技巧无人能比——这只是夫人和服侍她的女官们的感觉，时平是否真的具备音乐才能，并没有特别证明这点的记录。但是时平的弟弟兼平擅长弹琵琶，被称为琵琶宫内卿……儿子敦忠也是不亚于博雅②的弦乐名手，这样联系起来看，也许时平多少也有这方面的天分，并不完全是这些妇人偏爱吧——夫人注意一看，发现左大臣从刚才起就不

① 平安时代流行的改编自民谣的雅乐风格的歌谣，多用于贵族宴会。
② 三位源博雅（918—980），平安中期的公卿、雅乐家，其母是藤原时平之女。

时往帘子这边瞟。最初还比较客气，只是偷偷地把视线投向这边，马上又装作若无其事，但是越喝酒眼神变得越大胆，后来竟明目张胆地用色眯眯的眼神望着她这边。

　　我家大门外，

　　男子独徘徊，

　　必有理由吧，

　　必有理由吧。

　　左大臣唱着催马乐《我门乎》里的歌词，毫不胆怯地直直注视着帘子，眼神仿佛在诉说着什么。起初夫人对于左大臣是否知道自己偷看他还不确定，但现在已没有了怀疑的余地。想到这儿，她感到自己的脸突然红了。左大臣衣服上的熏香味飘到了帘子这边，由此看来，她身上的熏香味也一定飘到了那边。说不定那屏风被折起来也是因为有人体察到左大臣的意思才特意那么移动的。左大臣似乎是要想尽办法看清帘子后面的夫人模样，眼睛才频频朝这边窥探。

夫人老早就意识到离左大臣座位很远的末席那边，还有一个男人也在偷偷地关注着帘子这边，那人就是平中。女官们当然也注意到他了，但是顾忌到夫人，都避免谈论这个美男子，心里却拿他和左大臣比较，评论哪一位更算是美男子。夫人记得有很多夜晚曾经在卧室灯火摇曳的阴影里委身于这个男人的怀抱，但在这种公开隆重的场合，看见他在高官显贵中间还是第一次。即使是平中，在这样的客厅中也被时平仪表堂堂的气派压倒，和别人一样显得逊色，没有了在幔帐深处那灯笼的柔光下幽会时的魅力。今晚人人尽情欢闹，却不知是什么原因，唯独平中一个人心情郁闷，自己很没味地喝着酒。

　　这时时平从隔得很远的座位上叫他："佐大人，你今天格外沮丧啊，有什么心事吗？"

　　时平的脸上浮现出淘气孩子的恶作剧般的微笑，平中恨恨地斜眼看着他，勉强露出苦笑说：

　　"不，没那回事……"

　　"可是你一点儿酒也没喝，多喝点儿，多喝点儿。"

"喝得够多了……"

"那么，好歹讲个风流故事来听听吧。"

"您别开玩笑了……"

"哈哈哈哈，怎么样，诸位？"

时平环视一周，指着平中说：

"这人讲风流韵事特别拿手，大家不想让他在这儿讲讲吗？"

"好啊，好啊！"

"洗耳恭听，洗耳恭听！"

大家鼓掌欢迎，平中窘得快哭出来了，频频摇头说：

"请多包涵，请多包涵。"

而时平更加露骨地恶作剧般强迫他说：

"你经常讲给我听的，为什么在这酒席上不能讲？有不方便讲的人在场吗？如果你实在不讲，我来揭发好吗？我可要代你把前几天的那个故事披露出来了。"平中快要哭出来了，他反复央求似的说：

"请多包涵，请多包涵。"

夜深了，宴会看不出什么时候才能结束，大家胡闹得更加厉害了。左大臣又吟起了催马乐《我之驹》。

　　待乳山，

　　我等候的人儿啊，

　　我欲去见她，

　　哎呀呀，

　　我欲去见她。

唱完后踮起脚尖向帘子这边频送秋波。然后，不知是谁唱起了《东屋》中的曲子，又有人唱起了《我家》中的曲子。

"开门进来吧，我的情人……"

"你想吃的是鱼呢，还是海螺，还是海胆……"

"里啦啦啦里鲁鲁……"

然后大家各行其是地胡叫乱嚷着喜欢的曲子，谁也不仔细听别人在说什么。

国经更是醉得一塌糊涂。虽然坐着，上半身却歪斜着，好容易坐直了，又嘟嘟囔囔地吟起那句"玲珑玲珑奈老何"。也不管是谁，他抓住身边的人就说："老朽我只是非常感谢，非常感谢……这么高兴，是八十年来第一次……"一边说一边不住地掉眼泪。令人钦佩的是，尽管如此，他还是没忘了主人应尽的责任，当左大臣道完谢准备要回去的时候，他让人拿出早已备好的礼物古筝，还让人拉来两匹漂亮的马送给左大臣，一匹是白栗毛，一匹是黑鹿毛。当左大臣踉踉跄跄地要离开座位时，他自己也同样脚下不稳地站起来说："大人，大人，对不起，请您留神脚底。"还命令时平的车靠近房檐，"让车到这边来。"

"哈哈哈哈，这么看来还是我没醉，你才酩酊大醉了呢。"

其实，时平说这话时已醉得神志不清，即使把车子完全拉近到栏杆这边，走到那里也有困难。他刚走了两三步，就扑通一声摔了个屁股蹲儿。

"啊，真是露丑了……"

"哎哟，您都走不稳了……"

"没什么，没什么。"

时平说着要站起来，可刚站起来马上又摔了一跤。

"哎呀，哎呀，连我都丑态毕露了。"

"看来实在是不能乘车了啊。"

定国一说，菅根就附和说：

"是啊，是啊。"

"干脆等酒醒了以后再回去吧。"

"不行，不行，打搅的时间太长了，主人家会为难的。"

"您千万别这么说！虽然我这里是个又乱又脏的地方，如果不嫌弃的话，我希望您一直待在这儿！"

不知什么时候，国经已挨着时平坐下，还抓着他的手说："大人，大人，老朽我可要强行留下您了，就算您说要回去，我也不让您走。"

"噢，你是说可以长待下去吗？"

"岂止是可以。"

"但是，如果想要留下我还必须有更特别的招待……"

时平的语调突然变了，国经一看，发现他那刚才一直发红的脸变得苍白，嘴角神经质地微微抽动着。

"……今晚你已尽善尽美地款待了我们，还送了很好的礼物，但仅有这些，很抱歉，还不足以留住我左大臣。"

"您这么一说，我真是无颜以对了，老朽已尽了全力……"

"你说已尽了全力，可是，不好意思，仅有那个古筝和两匹马，礼物还不够。"

"这么说来，除此以外您还想要什么东西呢？"

"即使我不说出来，你也能猜到的呀——我说，老人家，不要那么小气嘛。"

"您说我小气，我真是很意外！不过老朽想尽办法要报答您平日的恩情，如果您能得到满足，不管是什么，我都会献上。"

"什么都行吗？真的？哈哈哈哈。"

时平似乎有些难为情，但仍像往常一样仰天大笑。

"那么我就直截了当地说了。"

"请说，请说。"

"如果你真想像你嘴上说的那样要对我平日的好意表示感谢的话……那么……"

"是的，是的。"

"哈哈哈哈，都醉得没样儿了，下面的话还是很难说出口。"

"您别这么说，请讲，请讲。"

"那当然是别说我的官邸，就是连皇宫里也没有，只有您老人家才有的东西。对您老来说是比性命还重要的、任何东西也不能取代的东西——是古筝呀马呀都无法媲美的宝物——"

"老朽这里有这样的东西吗？"

"有！只有一个！老人家，请把那东西当作礼物送给我吧！"

时平说着，目不转睛地盯着老人愕然的眼睛。

"请送给我吧，证明你并不小气。"

"哦，证明我并不小气。"

若有所思的国经鹦鹉学舌地说。紧接着他走向围在客厅后面的屏风那边，很快地折起屏风，把手伸进帘子的缝隙里，突然抓住了藏在里面的人的袖口。

"左大臣大人，请看——比老朽我的性命还重要、无论什么也不能取代的东西，胜过所有宝物的宝物，除了老朽的官邸哪里也找不到的宝物就是这个——"

一直烂醉如泥的国经突然有了生气，他笔直地站着，虽口齿不清，但说得仍旧掷地有声、声如洪钟。只是他睁得大大的眼睛里充满发狂一般的奇特光辉。

"大人，为了证明我并不小气，我送上这个礼物，请您收下！"

时平以及全场的公卿们一言不发，都心醉神迷于展现在眼前的意想不到的场景——最初，国经刚一把手伸进帘子后面，帘子的表面就从中间鼓了起来。虽说是晚上，紫色、红梅色、浅红梅色等各种颜色重叠的袖口还是显露了出来——那是夫人穿的衣服的一部分从缝隙里微露出来的样子，像是万花筒里那闪闪发亮、令人目眩的彩色波浪起伏翻腾，更像是大朵的罂粟花或牡丹花摇曳生姿。那个宛如一朵花儿似的人勉勉强强地才现出半个身子，像是拒绝露出更多的身姿。国经缓慢地把手放在她的肩上，像是要把她再往客人这边拉一拉，可是这样一拉，她更是将身体向帘子里面躲。因为扇子遮在脸上，所以无法看到她的面容，就连握着扇子的手指都隐藏在袖子中，只能看见从两肩滑下的秀发。

"哦！"

时平叫道。他宛如从美丽的梦魇中解放出来一样，突然走到帘子旁边，推开大纳言的手，自己紧紧地抓住她的袖子。

"太宰府长官大人，这个礼物我就拜领了。这样今晚来得才有意义。衷心感谢您的礼物！"

"啊，世上独一无二的宝物这才得其所在。该老朽我道谢才对！"

国经给时平让了位，退回屏风的这一边。

"诸位。"他对呆然地注视着事情进展的公卿们说，"现在已经没有大家的事了。就算你们要等，恐怕大臣一时也不会出来。请自行回去吧。"

他边说边再次展开已叠起来的屏风，围在了帘子前面。

接连发生的意外事情，使客人们大惊失色。尽管这官邸的主人已说了"请回吧"，大家仍然没有马上动身要走的意思，看着主人兴奋之至的脸色，无法判断他是高兴还是伤心。

"请回去吧。"

主人再次催促道，人群中逐渐响起了嘈杂的声音，但痛痛快快离开的人还是没有几个。即使勉强答应站了起来，大部分人还是眼神中流露出惊讶的神色，他们面面相觑，且走且留，或藏在柱子、大门的后面，非看到事情解决才甘心。

这些人充满好奇心的视线都投向被屏风围起来的帘子那边的时候，屏风的那一边发生了什么事情呢？——当国经把袖口交给时平，自己离开之后，时平不声不响地把袖子拉向自己这边，像刚才国经那样，半个身子探进帘子，从后面抱住了这个花朵般美丽的身体。刚才在屏风外边闻到的微带甜味的香气扑鼻而来，浓郁得令人喘不过气。女人此时脸上还是遮着扇子。

"对不起，你已经是属于我的了，请让我看看你的脸。"

说着时平悄悄地从袖子里抓住了她的手，颤抖着把扇子放在膝盖上。帘子这边没有灯光，宴席上的灯光被屏风遮住了，只从远处照过来零星的光，在这微弱的光亮中散发出香味的微白的东西，就是他初次见到的这个人的脸庞，时平对自己的计划顺利地进展到这一步感到了难以言表的满足。

"来吧，一起回我的官邸吧。"

他冷不防地把她的手搭在自己肩上。女人被强行拉着，看上去还有些踌躇，但也只是轻轻地稍作抵抗，就顺从地站起身来。

等在屏风外的人们原以为左大臣不会很快出来，可不大工夫他就把个色彩艳丽的硕大东西搭在肩上走出来，衣服发出夸张的响声，大家又吃了一惊。往左大臣肩上仔细一看，原来是一个贵妇人——一定就是被这官邸的主人称为宝物的那个人。她右手搭在左大臣的右肩，脸深深地俯靠在左大臣的背上，虽然显得像死了一样十分疲乏，但仍努力靠自己的力量在走。刚才从帘子里露出的华丽衣袖、衣襟和长长的秀发互相纠缠在一起，被硬拉着离开床铺的时候，左大臣的衣服和她的五彩华衣成为一个整体，还发出簌簌的响声，他们歪歪斜斜地走向房檐那边，人们一下子让开了道。

"那么，太宰府长官大人，我就接受你的礼物回去了。"

"好！"

国经说着，恭敬地低下了头，但马上又站起来喊道：

"车子，车子。"

说着自己先走下了台阶，两手高高地掀起车上的帘子。时平肩负着又沉重又美丽的东西，气喘吁吁地好不容易才走到了车子跟前。杂役和仆从各自手中举着火把，在摇动的火光中，定国、菅根以及其他人加了把力，终于把这个庞大的东西从两侧举着放进了车里。国经在放下帘子时说了一句：

"不要忘了我。"

不巧的是车里漆黑一片，看不清她的脸，大纳言正想着至少也要让她听见自己告别的话时，时平从后面走进车里，身子完全挡在他的眼前。

就在时平跟着夫人上车之后，有一个人趁着混乱来到车边，把从车帘里露出来垂在地上的衬袍下摆举在手上，然后塞进帘子里，几乎没人注意到，他就是平中。那天晚上平中在宴席上待不下去，曾离开一会儿，可能是看到昔日的恋人要被时平硬拉走而坐不住了吧。他随手找了张纸，草草地写了首和歌。

　　　　默默与君别，一如岩杜鹃。

　　　　满腔情难诉，无奈藏心曲。

　　他突然出现在左大臣的车旁，在把衬袍的下摆塞进帘子的同时，还偷偷地把那张叠成小块儿的纸塞进了夫人的袖子里。

五

　　国经目送着时平的车载着夫人带着众多随从走了，在此之前他的意识还有几分是清醒的，可是等车子一消失，紧张的神经冷不丁地松弛了下来，体内的醉意开始发作。他筋疲力尽地瘫坐在栏杆下，刚要倒在外廊的地板上睡，侍女们就把他托扶起来送到卧室，帮他脱了衣服，铺好床铺，放好枕头。他本人却全然不觉，立刻沉沉睡去。不知过了多长时间，感觉脖颈有点儿冷，睁眼一看，已是拂晓，卧室中微微发亮了。国经打了个寒战，心想："为什么今天早晨这么冷？自己这是睡在哪儿？这儿不是自己平时睡觉的地方吗？"——环顾四周，幔帐、褥子以及它们散发的香味，毫无疑问这是每天再熟悉不过的自己家的卧室，然而和平时不同的是，今天早晨只有自己一个人孤零零地躺着。他和一般的老人一样，早上很早就醒了，经常是一边听着天明时分的鸡叫，一边在今天这样微弱的光亮中凝望着妻子甜甜的睡脸。可是今天早晨却只空有她的枕头……不，更大的不同是，以往他睡觉时总是紧贴夫人，手脚严丝合缝地缠绕着，两人看上去身体合二为一。而今早，领口和腋下等处都有了缝隙，风从那里钻进来，难怪身上感觉有点冷……

今天早晨没有在此把她抱在自己的怀里，这是为什么呢？她去哪里了呢？——国经想到这儿，有种奇怪的幻影一样的东西萦绕在大脑深处的某个角落，那东西仿佛一点点苏醒过来，随着早上逐渐变亮的阳光，那幻影的轮廓也慢慢清晰地浮现出来。他尽量想把那个幻影看作是醉酒之后做的一场噩梦，但冷静下来仔细回味，才越来越清醒地认识到昨天晚上发生的事情不是噩梦而是事实。

"赞岐……"

国经叫的是随时在隔壁屋里待命的老侍女。她是个四十多岁的女人，过去是夫人的乳母，曾经是赞岐国①次官的妻子，随丈夫去赴任的地方生活，丈夫死了以后靠着与夫人的关系来到这里，这几年在大纳言家做侍女。大纳言把年轻的夫人当女儿一样看待，不知从什么时候起，也把这女人当成了夫人的母亲，不用说夫妻间的事了，一切家庭事务都要和她商量。

"您已经醒了吗？"

赞岐说着，恭恭敬敬地走到他的枕边。国经把脸埋在棉睡衣的领子里冷淡地"嗯"了一声。

"您感觉怎么样？"

"头疼，恶心，酒还没完全醒……"

"我给您拿点儿什么药来吧。"

"昨晚喝得太多了，喝了多少呢？"

"是啊，到底喝了多少呢？……我从未见过您醉成那样。"

"是吗？醉成那样了啊。"国经抬起头来稍稍改变了语调，

———————————

① 古国名，位于现在的香川县。

"赞岐，今天早上醒来我发现自己一个人在睡……"

"是的。"

"这是怎么回事？夫人去什么地方了？"

"是的……"

"你说'是的'我不明白，到底是怎么回事？……"

"您不记得昨天晚上的事了吗？"

"现在有点儿想起来了……夫人已经不在家里了吗？……那不是做梦吗？……左大臣要回去的时候我硬是挽留，于是左大臣说：'仅有那个古筝和两匹马，礼物还不够。''不要那么小气嘛。'我就把那个比我性命还重要的人当作礼物送给了他……那不是做梦吗？"

"要是梦就好了……"

国经忽然听见抽鼻子的声音，抬头一看，赞岐用袖子挡着脸，一动不动地低着头。

"那么，不是做梦吗？……"

"请恕我大胆妄言，就算您醉得不成样子，可为什么要做出这种疯癫的事情呢？……"

"别再说这样的话了，事到如今已经无法挽回了。"

"话说回来了，左大臣这样的人真的会做出夺取别人妻子的事吗？昨晚的事不就是个玩笑吗？今天早上一定会让她回来的。"

"要是这样就好了……"

"如果您愿意派人去接的话……"

"这怎么可以呢？……"

国经又把头蒙在睡衣里，用很难听清的浑浊的声音说道：

"算了，你下去吧。"

现在想想，这事自己心里确实记得。虽然是略显疯狂之事，但做出这种事的心理，自己也不是不能解释。自己把昨天的宴会看作是报答左大臣平素的恩情的绝好机会，已经竭尽全力地招待，但另一方面又无比惭愧而懊恼地觉着自己的能力有限，这次的款待终归不能让左大臣满意。自己本来就有这种自责的心理——不能以如此简陋的宴会了事，有什么东西能让左大臣更高兴呢？——正在这么想时，左大臣说了那些话，还说"不要那么小气"，所以自己马上回应说，如果左大臣想要，无论什么都愿意奉献。其实左大臣想要的东西是什么，在他让自己猜之前，自己已大概猜出来了。昨天晚上左大臣的眼睛一直朝帘子那边瞟。开始还比较收敛，可越来越露骨，最后竟当着我这个丈夫的面，踮起脚来送秋波……虽然自己真的老了，头脑也迟钝了，可对方明目张胆到如此地步，自己也不可能没注意到……

　　……国经回忆到这儿，想起了昨天那个时候自己感情的微妙变化。看到时平那种让人无法容忍的行为，他并没有对他的无礼感到不愉快，反而有几分高兴……

　　……为什么自己会高兴呢？……为什么不感到嫉妒却感到满意呢？……自己许久以来就为拥有如此罕见的美貌妻子感到无上的幸福，但说实话，他也为社会上对这一事实漠不关心感到一丝遗憾。他有时也想向人炫耀一下自己的这种幸福，让人羡慕他。因此，看到左大臣以不堪艳羡的神情向帘子里频送秋波，自然得到了极大的满足。他如此衰老，官位看来最终也不过是正三位大纳言，然而自己却拥有连年轻力壮的美男子左大臣都没有的东西，不，恐怕连身居九重之内的天皇的后宫里都没有如此的美女。自己因此感到说不出地自豪，感到无比地欣喜……

……不过，如果仅仅是这样，还可以跟人说说，而实际上自己在内心深处另有苦衷。这两三年以来，自己在生理上已开始失去做丈夫的资格，这样下去的话——不努努力的话——他越发觉得对不起妻子。自己在感受到幸福的同时，也逐渐感受到，有个像自己这么衰老的丈夫是女人的不幸。社会上有很多为自身悲惨的命运而伤心的女人，一一地去可怜她们就没有止境了，可她不是一个普通的女人。别说是左大臣，以容貌和品格来说，她都可以做皇后了，而丈夫却偏偏是个没有能力的老头儿。自己最初尽量装作看不到她的不幸，但随着深刻地了解了她的完美无缺、不同寻常后，他不得不反省——自己这样的人独占她这种人简直是深深的罪孽。自己虽然认为天下没有像自己这么幸福的人，可妻子是怎么想的呢？即使自己对她再珍重、再疼爱，妻子的内心也只会为难，绝无感激之情。无论自己问什么，妻子都不清楚回答，因此没办法了解她的内心，"你这个老头儿还是早点儿死了的好"，说不定她在怨恨长寿的丈夫，还在心里诅咒他的存在吧……

……自从自己认识到这一点，就常想，如果有合适的对象，能把这可怜又可爱的人从现在这种不幸的境遇中解救出来，给她真正的幸福的话，就把她主动让给那人也行。不，应该说让给别人才是正确的选择。反正自己将不久于人世，她早晚会是这种命运。然而女人的年轻和美貌是有限的，为了她的幸福，还是早一天这么做的好。如果让她等自己死去，还不如当作现在就死了，让她幸福地过后半生。把心爱的人留在世上而自己死了的人，会从草叶后面一直注视这个人的未来，自己也应该像那样，虽然活着，却抱着死人般的心情。如果自己那样做的话，她才会真正知道老人的爱情是多么具有献身精神。只有在那一天的黎明，她才会为这老人流下无限感激的万斛之泪。她会以在故人墓前叩拜的心情，哭着感谢自己说："啊，这人对我是多么地好，真是个可怜的老人啊。"自己就隐身在她看不见的某个地方，暗中看着她流泪，听着她的声音，度过余生。对自己而言，这样远比活着被这个可怜的人怨恨、诅咒要幸福得多……

昨晚看到左大臣纠缠不休的举动时，平素萦绕在自己心头的那些想法随着醉意的发作逐渐涌了上来。这个人是否真的那么喜欢自己的妻子？如果真是这样，自己平日的梦想或许会实现吧。如果自己真心想实行这个计划，现在就是绝无仅有的机会，这个人才是具备那个资格的人。从官位、才能、容貌、年龄等所有方面来看，这个人才是适合自己妻子的对象。如果是这个人的话，他真的能给她幸福，当时自己脑子里就是这样想的。

就在自己心中萌发出这些想法的时候，左大臣表现得如此积极，所以自己毫不犹豫就决定了。没想到自己的心愿和左大臣的心愿不谋而合，自己对此十分感激。一是能报答左大臣的恩情，二是能向这个可怜的人赎罪，想到这些，自己就高兴得忘乎所以，并立刻采取了那样的行动……在那一瞬间也曾听见自己心底有个声音说："你这样做可以吗？就算是报恩也太过分了吧……借着酒劲儿做了无法挽回的错事，醒来后不会痛心疾首吗？……为了你爱的人献身是可以的，可是你果真能忍受以后的孤独吗？"可他接着又想，有什么关系呢？以后的事以后再说，既然已确信这是善举，就应该借着酒劲断然实行。随时准备死的人怎么还会害怕孤独呢？……就这样，他强迫自己嘲笑那些畏惧的念头，终于让左大臣抓住了她的衣袖……

国经现在虽然彻底查明了昨晚自己采取那种行动的动机，但丝毫也没有因此而减轻心里的郁闷。他静静地把脸埋在睡衣里，全身心地沉浸在紧逼而来的悔恨之中。啊，我做了件多么轻率的事……就算是要报恩，也没人会做出把可爱的妻子让给他人这么愚蠢的事吧……这种事情如果被世人知道，只会成为笑柄……

就是左大臣也非但不会感谢我，还会暗中嘲笑我吧。至于她，也许不会理解这种出于狂热的感情所采取的行动，反而会怨恨我的薄情吧……实际上，像左大臣这样的人，美丽的妻子想要多少能找到多少，而自己要是失去了她的话，还有谁会来呢？想到这儿，发觉自己才最需要她，死也不应该放弃她……昨晚一时兴奋，以为不会觉得孤独，但今天早上醒来才几个小时已是如此难熬，今后一直这样寂寞下去的话，怎么能忍受得了呢？……国经一想到这儿，眼泪就啪哒啪哒地掉了下来。俗语常说老小孩，八十岁的大纳言真想像孩子呼唤母亲一样号啕大哭一通。

六

　　被人夺走了妻子的国经为思念和绝望所折磨，那以后三年半的岁月里发生的事情，将会在后面关于滋干的段落里更详细地提到。现在暂且转换笔端，叙述一下那天晚上往车里扔进"默默与君别"这首和歌的平中的情况。

　　平中虽然不像国经那么痛苦，但也尝到了和他差不多的某种苦涩的滋味。这件事的起因就是去年冬天的一个晚上，他去本院的官邸问安的时候，左大臣向他问起了许多关于那位夫人的事，他得意忘形之余无意中说了出来。想起这件事，他不得不恨自己考虑不周。他自负地以为"只有我才是当代第一好色者"，加上做事欠考虑，因此在时平巧妙的煽动下，老老实实吐露了真情。如果预想到时平会采取这样的行动，自己是不会说那么多的。他也曾担心精于此道的左大臣知道了夫人的情况后会不会乱来，但转念一想他并不是自己这种官位低下、无足轻重的人，人家毕竟是朝廷的重臣，不会轻率地晚上出来游荡，偷偷潜入别人家，摸进夫人的卧室里去的。如果只是区区一个兵卫佐的话，反倒不用顾忌那么多。这么一想就安心了。可是他完全没料到时平会在大庭广众之下，无所顾忌地抢走别人的妻子。在他看来，妻子瞒着丈夫，丈夫瞒着妻子，冒着危险做出格的事情，偷偷地享受苦闷的幽会，才是恋爱的乐趣。利用地位和权势强抢属于他人之物简直是不知羞耻的粗俗行径，丝毫不值得骄傲。左大臣的做法岂止是践踏别人的体面和世间规矩的旁若无人的行为，在好色之界也是无视仁义的不仁不义之举，这只能说他不具备真正好色者的资格。平中越想越不快。虽然他很懒惰，但作为一个有女人缘的男人，他洒脱、不拘小节、为人和善，很少拘泥于某件事，但这次时平的所作所为，却意外地使他气得不得了。

正如前面已经说过的那样，本来他对那位夫人寄予的感情，比一般的恋爱要深，如果继续下去的话，也许两人的关系还能进一步发展，但是一贯风流的他对这位老好人大纳言产生了恻隐之心，不愿再继续这种罪恶的行为，所以尽量忘记她，疏远她。时平当然不会了解平中的心理，他的行为使平中的苦心白费了。平中以前的罪孽，至多是偷偷地和大纳言的妻子发生肉体关系，偶尔和她见上几个小时，而时平只给了大纳言一点点恩惠，就使老人醉得糊里糊涂，把老人看得比性命还重要的东西轻易地据为己有。平中和时平的做法，对老人来说哪一个更残酷就不言自明了。自己过去的恋人被硬生生地拉到了他遥不可及的贵人那里，现在平中对此感到有无法排遣的愤懑，那么老大纳言的不幸就不是轻易能了结的了。而且老人蒙受这样的灾难正是因为平中对时平说的那些无聊的话。平中知道使老人陷入不幸的元凶是自己，但老人对此一无所知，因此他不知该如何向老人表达歉意。

可是人都是自私的，在平中看来，他也明白老人比自己可怜得多，但一想到最上当的人是自己，就气不打一处来。这是因为，他因刚才讲述的原因疏远了她，已经对她失去了兴趣，但内心深处还没有忘记她。说得更清楚些就是虽然暂时忘了她，但一了解到时平对她抱有好奇心，刚刚失去的兴趣又猛然复活了。去年的那个晚上以后，时平突然开始接近伯父大纳言，不断地讨他欢心，平中不安地注意着这个过程，暗中猜测时平的意图，密切关注着事态的发展。正在这个时候，出现了那个宴会，自己也被要求随他同去。

那天晚上平中可能是有预感吧，总觉得将要发生什么事情，从一开始就很郁闷。他觉得左大臣让自己参加这个宴席一定有原因。宴会一开始，酒就喝得非常快，左大臣和一帮捧场的人联合起来灌醉了老头儿。左大臣又是频频地向帘子那边眉目传情，又是不断地对平中说些莫名其妙的挖苦之语，这更加深了他的不安。他看到时平像个恶作剧的孩子一样眼睛发亮，醉脸上放着红光，又叫、又唱、又笑，就越发觉得重大的危险正在迫近帘子里的那个人。与此同时，他感觉到往日的爱情又复苏了，而且与往日一样强烈。当时平进入帘子里的时候，他再也坐不住了，急忙离开了座位。不久当她被带上车要离去的时候，他更加无法克制自己了，便走到车边，不顾一切地把和歌扔了进去。

那天夜里，平中和随从一起跟着车子，陪同左大臣回到官邸，然后一个人脚步沉重地沿着深夜的街道往家走去。一路上，每走一步，思恋之情就加深一分。一行人走到本院的官邸时，平中希望能在她下车的时候看上一眼，但这愿望终究还是落空了。想到她已和自己永远地隔绝开来了，就更燃起了依依不舍的念头。他自己也惊讶得不得了："自己还如此地爱着她吗？对她的热情为什么这样无法消除呢？"大概平中的思慕之情，是由于夫人成了他可望不可即的高岭之花而触发的。也就是说，夫人是老大纳言的妻子的时候，只要他愿意，两人就能随时重归于好，而现在已经不可能了，为此感到惋惜是他痛苦的主要原因。

附带说一下，前面提到的平中作的"默默与君别"这首和歌在《古今和歌集》里按作者不详记载，"默默与君别"一句变成了"念彼常磐山"。另外《十训抄》[①]中认为这首和歌的

[①] 镰仓中期故事集，1252 年完成，共收录对少年进行道德教育启蒙的故事约二百八十篇。

作者是国经，文章这样写道：

时平乃极为骄横之人，其伯父大纳言国经之妻乃在原栋梁之女也，阴谋使之为己妻，后为敦忠卿之母，国经虽慨叹不已，然惮于世人评述，力所不及也。

念彼常磐山，一如岩杜鹃。

满腔情难诉，无奈藏心曲。

据说此和歌乃国经其时所作。

确实如此，作为和歌，比起"默默与君别"来，感觉还是"念彼常磐山"格调更高，而且想一想是国经老人写的话，悲哀之情会更深。不过推敲这个问题已超出了这篇小说的范围，就不管是谁写的了吧。只是正像这里所说的，因为时平是打定主意带走了夫人在原氏，当然第二天早上也不会让她回到大纳言那里去。非但如此，还让她住在预先装修好的正殿最里头的一间屋子里，对她百般宠爱，以至于第二年很快就生下了后来成了中纳言敦忠的男孩，终于世人也把这位夫人尊称为"本院夫人"了。软弱的国经看到这种情况也没能怎么样。据《今昔物语》记载："他又妒又悔又悲又恋，世人皆知乃其自愿所为，然内心甚是怀恋。"他过着郁郁不乐的日子。平中更是不能释怀，一有机会就偷偷地向现在已是左大臣妻子的夫人大胆示爱。《后撰集》[①]第十一卷"恋歌"第三部里写有："此女在大纳言国经朝臣家时，平中曾与之私下约定永结同心，后此女忽被赠予太政大臣（时平），无法互通书信。其有一子，年仅五岁，玩耍于本院西配殿，唤之，写于其腕上，令其回去示与母看之。平定文。"

　　　　海誓山盟今安在，新人不见旧人悲。

　　这首和歌就是最好的证据。在这首和歌的后面，还有一首题为"回复，作者不详"的应答和歌值得注意。

————————————

① 即《后撰和歌集》，平安中期第二本敕撰集，所收和歌故事性强，恋歌比重大。

一切随缘无由定，梦里迷途不自知。

　　由于新夫人与国经和平中之间的这层关系，时平总是让人毫不松懈地戒备在她身边，提防有人接近她，这虽然不难想象，但平中还是成功地避过监控，让一个幼童为他传送了和歌。《十训抄》里写有"此女之公子，年方五岁"，《世继物语》里也记载有"写于公子腕上"，这个幼童就是夫人在原氏和国经之间生的男孩，即后来的少将滋干。在母亲被带到本院的官邸后，大概只有这个小孩被允许可以在乳母的陪伴下自由进出，或者是被放宽了限制吧。机敏的平中很早以前就留意到这点，就巧妙地讨好这个小孩。大概是某一天，当这孩子到本院的官邸来，在母亲住的正殿的西配殿玩耍的时候，平中正巧遇到，便立即托他传递的吧。平中想尽办法试图接近他，一有空闲就到这附近转悠，这不难理解。在少年的胳膊上写下和歌，可能是情况突然，没有现成的纸，或者是担心纸反倒会丢失散落的缘故吧。夫人看了以前的情人写在自己孩子胳膊上的和歌，哭得很伤心，然后擦掉了那些字，把"一切随缘"的应答和歌照样写在孩子胳膊上，吩咐孩子去让那位大人看，然后自己急忙隐身于幔帐后面。

平中用这种方法托小孩送和歌给得宠的左大臣夫人不止一次两次，《大和物语》中还记载着他写的其他和歌。

宿命难卜真情在，昔日恩义君忘却。

夫人好像也写了应答和歌，不幸没有流传下来。然而即使能够互通文字也不能会面，那般痴情的平中也渐渐失去了希望，自知无可挽回而断了念，他与夫人的关系也无疾而终。这个好色之人的心就再次转向了以前的另一个恋人侍从君。她作为左大臣家的女官也同样住在本院的官邸，所以既然夫人那边毫无希望，作为平中来说也不想垂头丧气地空手而归。自己原本就不讨厌那个人，在这种时候如果不把那个人弄到手，自己这个男人也太没用了吧，恐怕他是这样想的。但是不止一次地捉弄过他的侍从君现在更不可能轻易地喜欢上平中。如果那时候平中即使被她捉弄，也不失去热情地一心一意追求她，就一定会通过考验而得到她的许可，可是由于中途走上了歧路，惹得对方不高兴，耍起了性子，现在不管平中说什么，对方都非常冷淡，根本不理睬他。

一个恋人被别人夺走了，又遭到另一个恋人的断然拒绝，平中为了保住风流公子的面子，拼命地向侍从君哭求，由于此过程过于繁琐，就不在这里一一赘述了。读者们应该很容易想象到，自尊心超强，尤其以捉弄男人为最大嗜好的侍从君，肯定又像以前那样，甚至加倍地对平中施以苛刻的考验，平中格外坚忍地承受了一次次的考验，总算让她的自尊心得到满足。终于平中的愿望得以实现，享受到和这个倾慕已久的对象幽会的乐趣了。但那以后这个喜欢捉弄男人的女人仍旧恶习不改，动不动就想出别出心裁的恶作剧来寻他开心。当没达到目的的男人垂头丧气地回去时，她在其身后又伸舌头又做鬼脸，三次当中必然会有一次这样做，最后平中也急得发了脾气，心想："该死！真可恶，总是被她捉弄，对这种女人怎么还不死心呢？"可是几度下决心，几度又屈服于她的诱惑，总是如此重复。在《今昔物语》和《宇治拾遗物语》①中出现的那个有名的逸闻，可能就是这个时候的事情吧。听说这个逸闻在已故的芥川龙之介的著作中也曾出现过，所以可能有许多读者已经知道了。在此，为了那些没看过那本书的人，再讲一下这故事的概要。

故事是这样的。平中想方设法地要找出侍从君的缺陷，他想，无论这女人是多么完美无缺的美女，只要能找到她其实不过是个普通人的证据的话，沉迷于此人的梦就会醒来，也就能厌弃她了。他想来想去终于想到的是，虽然她是个容貌如此美丽的人，但从她身体里排泄出来的东西也是和我们一样的污物吧。终于他想出了一个法子，就是伺机偷出那女人的便盆，看看里面的东西。这样，只要自己想到她的脸虽很美丽，可却排出这么污秽不堪的东西，就会很快厌烦她了。

顺便说一下，笔者不知道那时候的便盆是什么样子。《今昔物语》中只说是个"盒子"，《宇治拾遗物语》中说是"皮盒"，

---

① 镰仓前期的故事集，共收录佛教故事一百九十六个。

可能用皮革制作的盒子更为普遍吧。那种地位的女官们在盒子里解完手后，有时也会让女仆去丢掉。于是平中就去那所房子附近藏在隐蔽处，等着女仆端出来倒掉。这一天，平中看见有个女仆出来了。她十七八岁的年纪，样子很可爱，头发的长度比衬衣短两三寸，穿着瞿麦图案的薄内衣，邋里邋遢地提着深色的和服裙，把那个关键的盒子用熏了香的布包着，用红色纸面上画着画儿的扇子遮着出来了。平中悄悄地跟在她后面，来到没人看见的地方，突然跑过来伸手去揭盒子。

"哎呀！您要干什么？"

"把这个给我……"

"哎呀！您知道这个是……"

"当然知道啦！你给我吧……"

趁着女仆发呆的工夫，平中迅速抢过盒子一溜烟儿地跑了。

平中极其珍重地把那个东西夹藏在和服宽袖下面逃回家，把自己关在一间屋子里，确认周围没有人后，先恭敬地把它摆放在客厅里左看右看。一想到这是自己深深迷恋的人使用的容器，觉得立刻打开盖子可惜了，就更加仔细地欣赏起来。这不是一个普通的皮盒子，而是涂着金漆的很漂亮的盒子。他再一次把它拿在手中，翻来覆去地端详，还掂了掂它的重量，然后才小心翼翼地掀开盖子，一种类似丁香味的馥郁香气顿时扑鼻而来。他感到不可思议，往里面一看，只见淤着半盒香料色的液体，底部有三条圆圆的、大拇指那么粗的、两三寸长的暗黄色固体。可是，它怎么看都不像那东西，还散发出格外浓郁的香味。他试着用木头棍儿扎了一点儿，拿到鼻子跟前一闻，气味竟酷似一种叫作黑方的熏香——把沉香、丁香、贝香、檀香、麝香等在一起熬炼制作的香料。

《今昔物语》中描写道："刺入其中置于鼻前嗅之，乃黑方妙不可言之馥郁香气，一切皆出乎意料，觉其非寻常之人，每见此物，对伊倾慕之心愈加狂热不已。"总之，本来想找到她不过是个平凡人的证据就死心，反而产生了相反的结果，根本无法轻易地厌烦她。平中觉得太不可思议了，他把盒子拿过来，试着呷了一小口里面的液体，也是浓郁的丁香味儿。平中又把扎在棍子上的东西放了一点儿在舌头上，味道苦中带甜。仔细地用舌头呷摸，才发觉看起来像是尿的液体可能是用丁香煮出来的汁，看起来像是屎的固体可能是用甘葛汁熬炼山萆薢和多种熏香使之凝固，放在粗大的毛笔杆里挤出来的。虽然他看穿了她的巧妙用心，但一想到她在便盆上就下了这么多功夫，费尽心思让男人为她神魂颠倒，觉得她果然是个十分机智的女人，而且不是寻常之人，因此更难死心，恋慕之情反而更深。

　　人的运气一开始转向坏的方向，就不知道会坏到什么程度，就连平中这样的人在闻了侍从君便盆的味道以后，无论去哪里，恋爱都不成功，全都接连不断地失败了。而且侍从君变得更加傲慢、残酷，他越是狂热，她对他的态度越是冷淡。每当快要大功告成之时就又被冷冷推拒，可怜的平中终于因此生了病，最后郁郁而死。《今昔物语》中说："平中迷恋此人，不见心不甘，遂生疾郁郁而终。"不过，在这里不能漏掉的是，据《十训抄》记载，侍从君本来是平中的女人，后又被时平横刀夺爱。于是笔者想象，本来这女人就是在本院的官邸服侍的女官，恐怕时平早就对她下手了。平中不知是不知道呢，还是在知道的情况下，结成了三角关系。因此，便盆事件以及侍从君对他所做的种种恶作剧，也许是背后操纵她的左大臣出的主意。如果真是这样，杀死平中的可以说就是时平了。

七

笔者前面提到，平中的卒年是延长元年或六年，确切时间不详。如果按上面《今昔物语》的说法，平中是因侍从君的原因而病死的话，那么平中似乎是死于时平之先，但据前面提到过的《后撰集》的和歌序，似乎还是平中活得更长一些。孰先孰后姑且不论，总之，时平于夺取国经之妻四五年后的延喜九年四月四日故去，年仅三十九岁，这是确实无误的。

对于这位左大臣的盛年早逝，众人皆以为是其所积恶业之报。其中最大的报应便是菅公的怨灵作祟了。菅公先于延喜三年二月二十五日毙于发配之所筑紫①。延喜六年七月

---

① 古地名，今福冈县太宰府市及筑紫野市一带。

二日，与时平共谋向天皇进菅公谗言的右大将大纳言定国死去，时年四十一岁。延喜八年十月七日，与时平一党的参议式部太辅菅根死去，时年五十三岁，据说他是被化为雷神的菅公之魂蹴杀的。下面就讲述一下菅公变为雷神报生前之恨的传说中与时平及其一族相关的故事。

　　菅公第一次显灵是在他死去那年夏天的一个月明之夜。五更过后，天色还未大亮。延历寺第十三代住持法性房尊意正在四明岳上凝神于三密观时，忽听大约中门之处有敲门声，开门一看，见是亡故的菅丞相站立门外，尊意掩饰住心中的惊异，恭敬地让入佛堂，问道："足下深夜光临敝舍，有何见教？"

　　丞相灵魂答道："鄙人生逢浊世，蒙受小人谗害，身遭左迁发配之罪，心实不甘。为报仇雪恨，变成雷神，盘旋于都城上空，欲图接近凤阙。此事已得到梵天、四王、阎魔、帝释、五道冥官、司令、司录等允诺，因此无可忌惮之人，唯贵僧法术高强，深恐为贵僧镇伏，务请看在多年交情上，即便朝廷宣诏，也万万不可应诏降魔。鄙人特为此事，由筑紫前来拜访。"

尊意道:"诚如所言,自古以来贤者为小人陷害之例不可胜数,非大人一人之命运。既逢无道之世,对左大臣尚还心怀怨恨莫非浅薄,还望打消此念。然足下与愚僧素有交谊,既求之于愚僧,理当万死不辞,拒接圣旨。无奈普天之下皆王土,愚僧亦王之子民,如若数次宣诏,愚僧将拒诏二次,第三次只得从命了。"

话音刚落,丞相之灵面色骤变,凶相毕露。尊意说:"您口渴了吧?"请他吃石榴,他接过来一把塞进嘴里,嘎吱嘎吱嚼碎,使劲吐到门框上,刹那间门框变成了一条火舌,尊意掐指洒水,大火立即熄灭了。

其后不多时,整个京都上空乌云密布,电闪雷鸣,狂风大作,冰雹铺天盖地,宫中到处落雷。满朝文武惊恐万分,四下躲避。有的钻进地板底下,有的躲进柜子里,有的披着苇席大声哭泣,有的一心念诵普门品,只有时平毅然拔剑指天,怒斥雷霆。然而,暴风雨仍无止无休,以至于鸭川洪水泛滥。法性房尊意在第三次宣诏时,才不得已奉旨入宫,施法收住了雷电，解除了天皇之忧。传说尊意乘车驾抵达鸭川边时，洪水自然退去让车子通过。当尊意在宫中做法事时，天皇梦见不动明王在火焰中高声念咒，待睁眼一看，原来是尊意在诵经。

也许是尊意的法力屡次使用而渐渐失效之故，五年后，即延喜八年的十月，朝臣菅根遭雷击而死。时平从延喜九年三月起，积劳成疾，卧床不起，菅丞相之冤魂常常在他枕旁现身，并不停地念咒语，于是家人召来阴阳师和巫师，做尽各种法事、治疗、针灸，却毫无起色，只有等死。家人悲伤叹息，万般无奈之下，又请来了德高望重的圣僧施展法力。那圣僧正是当时闻名天下的净藏法师。

这位净藏圣僧，曾于昌泰三年，时任右大臣的菅公与时平明争暗斗时，写给菅公一封信："以离朱之明，亦不能视睫上之尘，以仲尼之智，亦不能知囊中之物。"晓以明年必有灾祸降身，宜及早辞官保身之意。他是文章博士①三善清行

---

① 日本古代在大学教授诗文及历史的教官，类似于唐朝的翰林学士。

第八子，其母乃弘仁天皇的孙女。清行净藏自幼聪颖过人，四岁读千字文，七岁要求出家，十二岁上被宇多上皇看中，成为上皇之出家弟子。其后，上皇诏命他上睿山登坛受戒，师从玄昭法师学习密教。传说他天生多才多艺，显密二教自不必说，还精通十余种学问技艺，如医道、天文、梵文、相面、管弦、文章、卜筮、占卦、舟师、绘画、修行、诵经等，在音乐等各种技艺方面也无人可以比肩。

在左大臣家人的恳请之下，这位净藏前往时平府，只见时平已面呈死相，便断言此乃定业所致，无论施何法术，也难逃一死。然而禁不住病人和家属的一再恳求，无由推辞，只好诵经祈求上苍保佑。恰巧净藏之父清行也前去探望，坐于病人枕边。在净藏一心祈祷下，由病人两耳内飞出青龙，口吐火焰，对清行说道："只因鄙人生前未听从阁下讽谏，才遭此左迁之罪，被贬于筑紫之地，最终郁郁而死。今蒙梵天帝释允许，得以变成雷神向陷害鄙人之人报仇雪恨了。然令郎净藏以法力阻碍我报仇，欲降伏鄙人，实出乎意料，乞求阁下务必阻止令郎继续作法。"清行闻听胆战心惊，当即命令净藏中止祈祷。净藏刚离开房间，须臾，时平便咽了气。

宇多上皇听说身为上皇弟子的净藏中途退出左大臣府第，未加持祈祷到最后，极为不悦。传闻净藏以赎罪之心，隐居于横川的首楞严院达三年之久，每日苦行修炼。世人皆认为时平之死是恶有恶报，无人同情。而且，报应不限于时平一人，还殃及子孙后代。他的三个儿子中，长子八条大将保忠，于承平六年七月十四日死去，时年四十七岁。三子中纳言敦忠——新夫人在原氏在时平晚年为其所生之子，死于天庆六年三月七日，年仅三十八岁。按说保忠活到四十七岁，在那时还不算早死。其实他是因过于恐惧菅公作祟而得了病，招来修行之人于枕畔诵药师经时，错把经文中的"宫毗罗大将"听成"缢死汝"①而昏厥过去后便再没醒来，当然也不能算是正常死亡。

此外，时平还有一女，后来当上了宇多天皇的皇后，名曰京极御息所，竟也以短命告终。另有一女仁善子，其与醍

---

① 日语中，"宫毗罗"与"缢"两词发音相似，分别为"kubiro"与"kubiru"。

醐天皇的皇太子保明亲王所生的康赖王，即时平的外孙，在保明亲王驾崩后，被立为皇太子，竟然也于延长三年六月十八日死去，年仅五岁。

唯有次子富小路右大臣显忠于康保二年四月二十四日，以六十八岁的高寿而殁，此乃例外。此人心地善良，平生敬畏菅公之灵，每晚于庭院遥拜天神。且持家严谨，节俭度日。在位六年间，无论居家还是在外，从不摆大臣之威风，即使外出也极少前呼后拥，从不带四名随车侍从，自己常坐于车尾；用餐时不用奢侈器皿，只使用陶碗，也不用桌几，只将木制托盘置于榻榻米上用餐；洗脸、洗手不用角形盥盆，而是让人于寝殿遮阴处搭一凉棚，置一小桶，桶内放一长柄小勺。每日早晨，仆人只需往水桶里倒入热水，洗手时，自己舀水来洗，从不使唤下人。由于他品行端正，一直仕途顺遂，官至右大臣，后被封为正二品。此大臣子孙中，如三中寺的心誉、兴福寺的扶公等入了佛门者皆平安无事，并升至大僧都或权僧正的高位。出家者中，此外尚有敦忠中纳言之子右卫门佐佐理，以及佐佐理之子岩仓的菩提房文庆等，他们皆因皈依佛门而得以避害。总之，昭宣公只有长子时平的后裔衰败下去，其四子忠平不仅官至从一位摄政关白太政大臣，而且一门皆出人头地，执掌重权。据说这是因为菅公被发配时，当时的右大辨忠平暗地里同情菅公，不与兄长勾结，此后亦时常给发配的地方传送消息，两人从此结下友情的缘故。

时平之三子敦忠是三十六歌仙之一，人称本院中纳言，又名枇杷中纳言、土御门中纳言等。他以《百人一首》[①]中的"与君相识后，心中添忧烦，莫若不识君，心静一如前"为人所知。正如《今昔物语》所记载的那样，"此权中纳言乃本院大臣之妻在原所生，年约四十，俊美风雅，品行端正，深为世人喜爱"。他与时平不同，是个温和善良的人物，并且继承了曾外祖父业平的血统，还是位多愁善感、热情洋溢的诗人。但是据《百人一首一夕话》[②]里的记述，夫人在原氏

---

① 收录了百位和歌名人各一首代表作的和歌集，其中以藤原定家所撰的《小仓百人一首》最为著名。
② 江户时代学者尾崎雅嘉所著关于《百人一首》的注释书。

从国经府第被时平带走时，已怀上了敦忠，可见敦忠确是国经的骨血。然而因是夫人移居本院之后所生，所以作为时平之子抚育。果真如此的话，敦忠便是少将滋干的胞弟了。不过，《一夕话》中的这段记载究竟依何而来，笔者尚未找到其出处，或许是当时世间的传闻也未可知。

这敦忠于天庆六年早逝后，博雅三位一度成了宫中管弦游艺之时不可或缺的人物了，只要三位有事不能来，当日的管弦演奏便中止。老臣们听说后，无不叹息"当今之世已无管弦名手，敦忠在世时，三位从未受到过器重"。由此一事可知，敦忠之死为世人所惋惜，他不仅和歌出色，还颇通管弦之道。

参议藤原玄上之女，贵为皇太子保明亲王之妃，敦忠还是左近少将时曾为两人幽会帮过忙。因此缘分，亲王去世后，她便与敦忠结合了。敦忠对她十分爱恋，曾对她说："我家一族皆短命，我也活不长。我死之后，你会嫁给那位文范吧。"文范是民部卿播磨郡守，曾当过敦忠家的总管。她说："怎么可能呢？""肯定会的。我会在空中看着你们的。"敦忠又道。后来的发展果然如敦忠所预料的那样。时平的子孙们苦恼于天神作祟，惶惶不可终日，从保忠之死可见一斑。敦忠也自知难享天年，早已认命了。

除上面所述的女子外，敦忠还有几位相好之人。《敦忠集》大部分是恋歌，其中以与斋宫到伊势神宫做侍神巫女的未婚皇族女子雅子内亲王①的赠答歌居多，可以想象他与雅子内亲王交往的时间很长。在《后撰集》第十三卷"恋歌"中的第五部里，一同记载了雅子内亲王做了斋宫到伊势去时敦忠作的和歌以及歌序。

西四条斋宫还是少女时，就对伊怀有深深的眷恋，当此斋宫远行之翌晨，将自己的愿望系于杨桐枝上：

　　　伊势海浪涌千寻，我情深深不见底。

还有，他对小野宫左大臣实赖之女，他所称"梳妆匣小

---

① 雅子内亲王（910—954），醍醐天皇的女儿。

姐"的女子心仪已久，但始终未能如愿，遂于某年十二月之晦日，写了一首歌送与她：

思念一年复一年，今年依然空耗过。

不料，被其父左大臣发现，愈加无由相会，便又写了一首送她：

何时能将满腔情，不用信笺面诉君。

他与少将季绳之女右近也有交往。此女还在宫中供职时，两人多有唱和，后该女辞退宫职归乡后，便不再收到敦忠的赠歌，女子写歌给他：

信誓旦旦难忘怀，如今誓言又安在。

敦忠还是未写一字，只送了只山鸡给她，因此女子又写来一首：

栗驹山上雉鸡美，怎比相思负心人。

此外，还有长子助信之母，即参议源等之女。另外，《敦忠集》中称之为"长夫人"或"佐理母君"的女人，不知是上述那些女人，还是另有其人。此"佐理"是他的次子佐理，并非与行成和道风齐名的书法家佐理。据《敦忠集》所载，佐理之母生下他后死去，所以他被寄养在二夫人处，乳名"东儿"①。"东儿"两岁时，敦忠曾去看望，不觉悲从中来，泪如雨下，吟了下面这首歌：

衷情未诉伊人去，留下东儿尤堪怜。

这位佐理后来出家之事，一如前面所述。

---

① 日语中，"atsuma"这个发音对应的汉字既可写作"东"，又可写作"吾妻"，意为我的妻子。

八

平中、时平及其子孙们的后日谈大致如上所述。而那位可怜的老大纳言，以及他的夫人在原氏所生的滋干，后来的境况又如何呢？

国经除滋干外还有三个儿子，依《尊卑分脉》^①所排顺序，长子滋干，次子世光，三子忠干，四子保命。其中忠干之母不是在原氏，而是伊豫守未并之女，此门后裔绵延不绝，但世光和保命却无后人，且没有记录他们的母亲为何许人。若滋干在那个事件时是五岁的话，便是老大纳言七十二三岁时所生之子。后来国经活到了八十一岁，难道在

---

① 日本主要姓氏的族谱。

这期间又与其他女子结合，生下三个孩子吗？也许是《尊卑分脉》所载颠倒了长幼顺序，那么世光以下的三子或早于滋干，或是同时出生的庶子也未可知。如此说来，国经在娶相差五十岁的在原氏为妻之前，已经和谁结为夫妻了吗？那女人难道没有生育吗？这种种疑问现在已无处可考。另外，在《尊卑分脉》里，滋干有从五位上左近少将的官衔，生有亮明、正明、忠明三子，但这些儿子的母亲也不甚明了，且三人均无子嗣。再者，滋干之名于公卿辅任里也不见踪迹，他何时升至从五位，何时升至左近少将，皆不得而知，生卒年月日亦无处可考。除《尊卑分脉》之外，有关滋干的零星记载还有《大和物语》里的赠答和歌。

女人赠歌滋干少将：

　　宁为情死两相知，若有人问莫承认。

　　滋干少将应答之和歌：

生命短促如朝露，情愿与君共生灭。

在《后撰集》卷十二"恋歌（三）"中，有关藤原滋干的记载有：

夜晚去和女人幽会，事后滋干必写和歌给女人，要其发誓不变心。

山盟海誓心不变，此生来世永相伴。

以上都是人们所熟知的。此外，未流传于世的有遒古阁文库所藏的手抄本《滋干日记》，却残缺不全。除遒古阁手抄本之外，还有两三个手抄本，但都非完整的抄本。据推测，这些都是滋干在从大致天庆五年春开始的七八年间断断续续写成的日记中仅存的一部分。从内容看，几乎都是表露恋母之情的文字。

读者已知滋干的生母即敦忠之生母，那么滋干之母究竟活了多大年纪呢？据《拾遗集》①卷五"贺"里所载的源公忠那首"千秋万代永昌寿"的和歌序来看，多半是权中纳言敦忠为母做寿时而作的。应该可以推测过的是五十寿辰吧。但据滋干的日记中记述，敦忠死后第二年，即天庆七年时，这位母亲还健在。也就是说，她的第二任丈夫赠太政大臣时平死后，已过了三十五个星霜，她当时应为六十岁左右，滋干是四十四五岁吧。滋干到了这般年纪，仍念念不忘母亲，时常回忆母亲的音容笑貌，也是在情理之中的。当时，他只是个五六岁的幼童，因而被允许出入本院的宅第，而到了七八岁时，由于种种俗世的规矩限制而不能再去了。后来尽管知道母亲健在，却一直不能相见。不管是谁，若从未见过母亲倒也罢了，可他在刚刚记事时留下了母亲的记忆，又遭遇了母亲被拐到别的男人家的事件，所以对母亲的依恋之情就非同寻常了。何况他的母亲是稀世美女，又何况他还有着非同寻常的记忆，他在刚刚懂事时曾经拜访已经成为别人妻子的

---

① 即《拾遗和歌集》，平安中期第三部敕撰和歌集。

母亲，母亲还亲手在他的胳膊上写过和歌。更何况他明知母亲还活在世上。这样想来，《滋干日记》是因恋母之情无从排遣而写成的这一观点似乎也不无道理。现存的日记虽然只是片断，但那些残缺的部分想必也全是对母亲的向往吧。不，或许滋干四十二三岁前后，愈加思母心切，才有生以来第一次动笔，想把这一切写下来的吧。虽说是日记，但可以说更像是一篇小说。自幼与母亲生离别，不久父亲又去世，他从这充满悲伤的少年时代说起，一直写到四十年后，天庆某年春日的一个黄昏，去造访位于西坂本的敦忠故居时，与母亲不期而遇的经历。

按照日记可以想象，滋干对母亲的记忆是从四岁左右时一点点积存下来的。最初的记忆十分模糊，淡如霞烟。关于发生那件对于他自己和父亲国经来说都是一生的大事件的夜晚——母亲被本院的大臣带走的那个夜晚，他丝毫不记得了。只是不知何时听人告诉他，母亲已离开自己家了，他才伤心得大哭起来。告诉他这件事的也许是老侍女赞岐，也许是乳母卫门。究竟是谁呢？当时他每夜都是乳母抱着入睡的，大概是乳母被哭闹着要妈妈的滋干弄得没办法，就哄他说：

"乖乖地睡吧，你妈妈虽然不在家里，可就住在不远的地方。你要是听话，就带你去找妈妈。"

年幼的滋干高兴起来，问道：

"什么时候带我去？"

"过几天吧。"

"真的吗？"

"当然是真的了。"

"一定一定带我去——别骗我啊。"

每天晚上，滋干都是在和乳母重复一番这样的对话之后才入睡的。孩子幼小的心里怀疑乳母是在哄他，然而乳母好像真的把这件事跟赞岐说了。一天，赞岐牵着他的手领他去看母亲了。可是幼儿的记忆实在不可靠，因为这么重大的日子，他根本记不得了。他的记忆像旧电影胶片那样断断续续，前后不连接，有的地方模模糊糊，有的地方却非常清晰。在这些影像中，时常浮现在他脑海里的，是年幼的自己蹲在本院宅第的回廊栏杆旁，无聊地看着院中景致的身影。

他知道母亲就在回廊那边的寝殿里，自己是为了见母亲而等在这里的。每次都是等了半天后，赞岐从那寝殿里出来，示意自己过去。母亲很少到门口来迎自己。总是待在上房最里面的某个房间里，一见他进来，就一把将他抱到膝上，抚摸他的头，吻他的脸颊。

"妈妈。"

"我的孩子。"

母亲紧紧抱住他。可能因为他当时什么都理解不了的原因吧，母亲从没有跟他亲密地说过话，只是三言两语而已。他想要把难得一见的母亲的模样牢牢记在心里，所以被母亲抱着时总是仰着脸看，可是房间昏暗，而且从额头上垂下来的浓密的头发遮住了母亲的脸庞，宛如佛龛里的佛像一般，因此从来没能仔细看真切过。他常听侍女们说，像母亲那样秀美的人实在少有，也知道所谓美丽指的就是这种容貌，可却怎么也弄不清她到底是如何漂亮。只是，他喜欢闻着母亲衣服上那股特有的熏香味儿，被静静地抱在母亲怀里时的舒服的感觉。回家之后，沁入他脸颊、手上及衣袖上的香气两三天仍不散，仿佛母亲陪在自己身边似的。

幼年时的他真正感觉到母亲的美貌，是平中抓住他并在他胳膊上写和歌的时候。记得那是个回廊附近的红梅初开的春日，他正在西配殿的外廊上和几个女童玩耍，一个男人微笑着走了过来。

"喂……你见过你妈妈了吗？"说着把手搭在了他的肩上。

滋干想说"还没有"，又怕这么回答不合适，就一声不吭地瞧着那个男人。他后来才知道此人就是平中，但那张脸当时并不陌生，以前常常在家里见到。

"还没见到妈妈吧？"

男人见滋干支支吾吾的，也猜到了几分。然后，看了看周围，弯下腰对他耳语道：

"你真是个聪明的孩子，真聪明。你要是想见妈妈的话，我有个事，想请你帮我办一下……好孩子，可以吗？"

"什么事？"

"这个……你跟我来一下。"说着他把手伸到背后，拉着滋干走到离女童们稍远的地方。

"我想给你妈妈写首和歌，你替我带去好吗？"

赞岐和乳母曾嘱咐过滋干，去看妈妈的事要保密，绝不可对别人说，所以他不知怎么回答才好。男人一个劲儿地反复说不用担心这一点，还说自己和妈妈很熟，如果帮他带和歌去的话，妈妈一定会非常高兴的。而且，说两句就穿插一句"你是个懂事的孩子，可聪明了"。最初他为了不让小孩子害怕，极力堆出笑容哄他，说着说着，表情变得严肃认真起来，极力想说服小孩答应，这一点滋干也看得出来。大人这种时候的表情一般会让小孩感到害怕，滋干也感觉多少受到威胁，有些恐惧，不过，同时他也看出了走投无路的大人想方设法想要引起小孩同情心的哀求的态度。

男人见滋干点了头，又道："真聪明，真聪明。"然后，谨慎地看了看周围，说：

"到这边来一下……"

他拉着滋干的手，来到一个房间的屏风后面。然后拿起桌上的毛笔，蘸了墨，说道：

"你站着不要动啊。"

说着他把滋干右手的袖子撸到了肩头，在上臂到手腕的地方上，边想边写下了两行和歌。

写完后等墨干的时候，他还紧握着滋干的手不松开，滋干以为他还要干什么，等到墨干透，他才小心翼翼地放下袖子，说：

"好了，让你妈妈看看这些字。一定要找没人的时候……明白了吗？"

滋干只点了点头。

男人又叮嘱了一遍：

"记住只让你妈妈看，请不要让别人看见。"

然后滋干像往常那样在回廊上等到赞岐向他示意，就去见母亲了，这一段的记忆不甚清晰。他进到母亲的幔帐里，被母亲抱在了怀里，叫了声："妈妈。"便挽起袖子让她看。母亲只看了一眼好像就明白了，因屋里光线太暗，她推开帐子，让光亮照进来。然后把滋干放到地上，将他的胳膊伸到亮处，一遍又一遍地看。滋干很奇怪，母亲根本不问他是谁写的，也不问他是谁要他这么做的，好像一切都了然于心。忽然滋干觉得眼前一晃落下了什么，抬头一看，母亲眼里噙满泪水，正茫然凝视着前面。就在这一瞬间，滋干觉得母亲简直是美丽非凡。因为反射进来的春日阳光正好照在母亲的脸上，总在幽暗的地方看到的面部轮廓，一下子清晰地浮现了出来。母亲忽然意识到孩子在看她，慌忙将脸紧紧地贴在孩子的脸上。这样一来，滋干什么也看不见了，只感觉到母亲的睫毛上沾着的泪珠，冰冷地落到了自己的脸颊上。

滋干清楚地看见母亲的模样，尽管只有这一瞬间，但母亲那楚楚动人的面容，那美妙的感觉，却长久地印在了他的脑子里，使他一生都不能忘怀。

母亲这样和滋干脸贴脸不知过了多长时间，这段时间里母亲是在哭泣呢，还是在沉思，滋干都回忆不起来了。后来母亲叫侍女端来一盆水，擦去了滋干胳膊上的字。侍女要擦洗，母亲不让，而是亲自给他擦洗。母亲在擦拭的时候显出很惋惜的样子，仿佛想把每个字都刻印在脑子里似的凝视一番才擦去。然后母亲又像刚才平中那样，挽起儿子的袖子，左手拉着儿子的手，在刚才擦去字迹的地方，写下了同样长的文字。

开始滋干给母亲看胳膊上的字时，屋子里没有别人，不知什么时候进来了两三个侍女，于是滋干有些担心平中对他说的话。不过，她们都是母亲信赖的人，好像已经什么都知道了。滋干虽然清楚地记得母亲在自己的胳膊上写字，但是不记得母亲对他说了些什么，说不定母亲是默默地写的。

母亲写完之后，赞岐不知什么时候来到他的身边。

"少爷，去把你母亲写的东西给那个人看，他肯定还等在那里呢。你赶快到刚才的地方去找他吧。"

滋干回到西配殿，那个男人果然正在外廊边等得着急呢。

"喂，有回信吗？——哎呀，真聪明……"

他飞奔过来，兴奋地说道。

滋干后来才知道，当时自己实际是为母亲和平中传了信，自己被平中利用了。但是在母亲身边伺候的侍女们和赞岐也许当时就知道此事了，还说不定赞岐同情平中，教给平中利用滋干联系母亲这个方法的就是她。因为滋干记得后来被带到那间有屏风的房间，让平中看母亲的字时，赞岐不仅在场，而且是她擦干净的，一边擦还一边说："擦掉真可惜。"

滋干记不清在胳膊上只写了一次字，还是之后也有过两三次，总之后来他去西配殿的时候，平中总在那里徘徊，看到滋干就叫他带信。滋干把信交给母亲，母亲有时回信，有时不回，渐渐没有刚开始时那么动情了，甚至偶尔流露出厌烦的神色，以至于滋干觉得为平中带信成了一种负担。而平中也不知何时消失了身影，不久滋干也不能去见母亲了，因为乳母不再带他去了。每当滋干说想见母亲时，乳母就说："你母亲快生孩子了，现在需要安静休养。"当时母亲的确是怀孕了，但滋干被禁止出入，似乎另有缘故。

就这样滋干再也没见到过母亲。对他来说，所谓"母亲"，不过是五岁时对只看了一眼的那张泪眼蒙眬的面容的记忆和沁入肺腑的熏香的感觉，而且这记忆和感觉四十年来在他的头脑中被滋养培育，越来越被美化、净化成理想之物，成为与实物差距越来越遥远的幻象。

滋干对于父亲的回忆比母亲晚一些，说不清是什么时候开始的。大概是从他不能与母亲相见以后开始的吧。

因为在那之前和父亲亲近的机会非常少，而那以后父亲的存在突然间鲜明了起来。他记忆中的父亲，是个完完全全被心爱的人抛弃的孤独可怜的老人。母亲不惜为平中写在自己儿子胳膊上的和歌流泪，那么，母亲又是如何看待父亲的呢？滋干从没听母亲说过她对父亲的真实想法。在幔帐深处被母亲抱在怀里时，滋干从没跟母亲提起过父亲，母亲也一次没有问过"你父亲现在怎么样"之类的话。而且，无论赞岐还是其他侍女，似乎都同情平中，竟然没有人谈论国经，唯独乳母卫门是个例外。

九

乳母对滋干说："少爷想念母亲是可以理解的，但真正可怜的是你父亲呀。"还说，"你父亲非常寂寞，你要多关心安慰他呀。"等等。她并没有说过母亲什么坏话，但她好像知道母亲和平中的事，对为他们牵线的赞岐抱有反感。自从知道连滋干也被利用之后，就更加憎恨赞岐了。滋干不能去见母亲，也许就跟这件事有关，是乳母加以阻挠所致。乳母曾用可怕的眼光瞪着滋干说："少爷去见母亲可以，但不要给别人带什么信啊。"

母亲走后，父亲日渐懈怠朝政，常常整天足不出户，一副病恹恹的样子，看起来异常憔悴，郁闷压抑。这样的父亲在孩子眼里更加可怕，难以亲近，更何谈去安慰他呢？乳母告诉滋干："你父亲是个和蔼的人，少爷去看望的话，他一定会很高兴的。"有一天，乳母硬拉着滋干的手来到父亲的房门外，说了声"快过去吧"，就打开拉门把滋干推了进去。本来就瘦弱的父亲现在越发瘦了，他眼窝凹陷，银色的胡须乱蓬蓬的，好像刚刚起床的样子，像一只狼似的坐在枕头旁。父亲目光锐利地瞧了他一眼，滋干立刻缩成一团，到了嘴边的"父亲"卡在喉咙里发不出声来。

这对父子互相试探着对视了一会儿，慢慢地滋干内心的恐惧融化了，被一种甘甜而亲切的莫名之感所代替。起初滋干不明白这种感觉从何而来，后来他发觉母亲常用的熏香味充满了这个房间。再仔细一看，父亲的周围摊着一堆母亲穿过的内衣、单衣、和服等各类衣物。突然父亲问道：

"孩子，你还记得这些吗？"

说着伸出骨瘦如柴的胳膊，拎起了一件华丽的衣服的衣领。

滋干走过去，父亲双手捧着那件衣服伸到滋干的面前，随后又把衣服贴在自己的脸上，好长时间一动不动，然后慢慢抬起了头。

"孩子，你也想见妈妈吧？"

父亲用一种寻求共鸣似的亲切语气问道。滋干从没有这么仔细地端详过父亲的相貌。他眼角积着眼屎，门牙掉光了，声音嘶哑，听不清他说的是什么。父亲说话时的表情，说不上是哭还是笑，只是一直盯视着滋干的眼睛，表情执拗而认真，于是滋干又害怕起来。

"嗯。"

滋干只是点头，不敢说话。

于是父亲锁起眉头，不高兴地说了句：

"好了，去玩儿吧。"

从那以后，滋干好一阵没有再去父亲的房间。每当乳母告诉他"你父亲今天也在家"时，他反而尽量不到父亲房间那边去了。父亲整日把自己关在房间里，从不出来。滋干偶尔路过父亲房门外时，总要侧耳偷听里面的动静。里面静悄悄的，不知父亲是死了还是活着。滋干猜想，父亲恐怕又是像上次那样，把母亲的衣服都翻出来，沉浸在那浓郁的熏香中吧。

过了一些日子，记不得是同一年还是第二年了，在一个晴朗凉爽的秋日午后，父亲难得来到庭院里，呆呆地坐在棣棠花绽开的水池旁的石头上。滋干好久没有见到父亲了，觉得坐在石头上的父亲，就像是经过了长途跋涉后疲惫不堪地坐在路旁歇息的旅行者似的。他的衣服脏兮兮、皱巴巴的，袖口和衣服下摆等都破了口子。也许是伺候他的侍女走了，也许是他讨厌侍女们碰他的缘故吧。

滋干望着在西斜的太阳光照射下的父亲，那枯槁的脸颊泛着辉光，但是他仍然不敢走近父亲，站在五六步远的地方，听见父亲嘴里咕哝着什么。

看样子他嘴里咕哝的不像是普通的话语，似乎是在有节奏地背诵着什么。父亲完全没注意滋干在旁边，眼睛茫然地凝视着水面，同样的句子反复吟咏了两三遍。

"孩子。"

正在这时，父亲看见了少年。

"孩子，我来教你背诗吧。这是大唐的一个叫作白乐天的人作的。小孩子也许不懂诗的意思，没有关系，照我教的背就行了。孩子，等你长大了，自然就明白了。来，坐过来。"

父亲让滋干与他并排坐在那块石头上。为了让小孩子容易记，父亲开始还一句一句地慢慢教，等滋干念完一句再教下一句，然而教着教着就忘记了是在教孩子，完全沉浸在自己的感情里，他提高了声调，抑扬顿挫地吟诵起来。

失为庭前雪，飞因海上风。

九霄应得侣，三夜不归笼。

声断碧云外，影沉明月中。

郡斋从今后，谁伴白头翁。

滋干长大以后，发现此诗是《白氏文集》里一首题为《失鹤》的五言律诗，但当时他还不明白诗的含义，只知道父亲每次喝醉酒都会吟这首诗，听得滋干耳朵都起茧子了。现在回想起来，父亲是把弃他而去的母亲比作鹤，将自己的郁闷之情寄托于此诗。听着父亲吟诗时悲痛的声调，连他这个孩子都感受到了父亲痛断肝肠的悲伤情感。父亲声音嘶哑，不能高声吟咏，加之不时气喘，不能拖长调子，因此他吟诗的技巧十分拙劣，然而当父亲吟咏"九霄应得侣""声断碧云外，影沉明月中""谁伴白头翁"等诗句时，却充满了超绝技巧的凄怆韵味，听者无不为之感动。

父亲见滋干将这首诗背下来后，对他说：

"背下这首之后，再教你一首更长的。"后来又教了他一首更长的诗，就是这首题为《夜雨》的诗。

我有所念人，隔在远远乡。

我有所感事，结在深深肠。

乡远去不得，无日不瞻望。

肠深解不得，无夕不思量。

况此残灯夜，独宿在空堂。

秋天殊未晓，风雨正苍苍。

不学头陀法，前心安可忘。

这最后一句"不学头陀法，前心安可忘"，是父亲时常挂在嘴上的，不久以后父亲开始倾心于佛道，恐怕是受了此诗的影响吧。此外还有一些与此类似但题名不明的诗句，如"夜深方独卧，谁为拂尘床"，"形赢自觉朝食减，睡少偏知夜漏长"，"二毛落晓梳头懒，两眼春昏点药频"，"须倾酒入肠，醉倒亦何妨"等，滋干也零星记着。父亲有时悄然伫立于庭院角落里小声吟诵，有时避开他人自斟自饮时感极而泣、放声吟唱，这时的父亲两颊上总是双泪长流。

那时赞岐已不在府里了，想来可能是对父亲厌烦了，在母亲离开后不久跑到母亲那边去了。滋干只记得，只有乳母卫门对滋干和父亲尽心竭力地照顾。她动不动就像哄不懂事的滋干那样劝慰父亲，特别是对父亲饮酒啰啰嗦嗦地说得最多。

"您这么大年纪，没有别的嗜好，虽说喝点酒也没什么，可是……"

每当乳母这么一说，父亲总是难为情地低下头，就像被母亲申斥的孩子一样，温顺地说：

"让你费心了，对不起。"

父亲人到老年，却遭所爱的女人背弃，他本来就喜好喝酒，如今愈加嗜酒如命，以至每天以酒为伴，这也在情理之中，但其醉态越来越狂暴，越来越出格，难怪乳母这么担忧。父亲在乳母劝阻时，会老老实实地道歉，可是转眼就又喝得酩酊大醉，又是吟诗，又是哭喊，甚至时常半夜三更跑出去，两三天不回来。

"究竟到什么地方去了呢？"

乳母和侍女们聚在一起边叹息边商量，还经常派人出去悄悄找他。滋干虽然还是个孩子，可心里也非常难受。父亲有时过了两三天后会自己悄悄回来，溜进房间睡觉，有时是被人找到带回家来的。有一次，父亲倒在远离都城的荒野里被人找到。回来时只见父亲蓬头垢面，衣衫褴褛，手脚肮脏不堪，简直像个乞丐。乳母见了非常吃惊，"哎哟"叫了一声，眼泪便扑簌簌滚落下来。父亲尴尬地垂着头，一声不吭，悄悄回到房间，一头扑在被子上。

"这样下去不是发疯，就是得病啊……"

乳母常常背地里这么念叨。谁想到嗜酒如命的父亲，突然一下子戒酒了。

滋干不大了解父亲是出于什么动机戒的酒，他注意到这件事还是乳母告诉他的。

"你父亲最近真令人钦佩，整天都在安静地念经。"

也许父亲不堪对母亲的思念，才借酒浇愁，却又发觉酒终归无法排遣痛苦，便求助于佛之慈悲了吧。反正是受到了白居易的"不学头陀法，前心安可忘"这首诗的启示，这是父亲去世前一年，滋干七岁左右时的事情。这一时期，父亲的狂暴脾性渐渐消失了，他终日待在佛堂里，或耽于冥想，或看经书，或请来某寺的高僧讲佛法。因此，乳母和侍女们都舒展了愁眉，高兴地说老爷总算平静下来，可以放心了。可是，此后滋干还是不敢接近父亲，觉得他仍旧有些可怕。

有时乳母感觉佛堂太静了，就对滋干说：

"少爷悄悄去佛堂一下，看看老爷在干什么呢。"

于是滋干提心吊胆地走到佛堂门口，跪在门边，轻轻把手搭在拉门上打开一条缝，看见正面挂着普贤菩萨的画像，父亲面朝它寂然端坐在前，滋干只能看见他的背影。窥视了好半天，发现父亲既不念经，不看书，也不烧香拜佛，只是默然坐着。

"父亲那样在干什么呢？"一次滋干问乳母。

"那是在修不净观呢。"乳母回答。

所谓不净观很是深奥，乳母也不能详细解释清楚。简单地说，修不净观，就会悟出人的种种官能之乐都不过是一时的迷惑而已，对于曾经眷恋的人也不再眷恋了，美丽的东西，好吃的食物，好闻的香味等也不再感觉好看、好吃、好闻了，而变成了污秽不堪的东西。她还说，父亲大概是想要忘掉你母亲，才做这种修行的。

关于当时的父亲，滋干有着令他终生难忘的恐怖回忆。那个时期，父亲不分昼夜地一连几天静坐沉思，滋干好奇地想知道父亲到底什么时候吃饭、睡觉，就在半夜趁乳母不注意溜出卧室，到佛堂去偷看。他还是从门缝往里一看，只见拉门内亮着微弱的灯光，父亲坐着，姿势和白天一样。滋干看了老半天，父亲始终像座雕像般一动不动，他只好又关上拉门，回房间睡觉了。第二天晚上他放心不下又去看时，依然和昨晚的情形一样。到了第三天的半夜，滋干又在好奇心的驱使下蹑手蹑脚地走过去，屏住呼吸，把拉门拉开一条缝瞧了一会儿，虽然无风，但烛台的灯火忽闪摇曳。

忽见父亲摇了摇双肩，动了下身体。父亲的动作极其缓慢，滋干最初不明白这是要做什么。然后，父亲一只手扶在地板上，好像扛起重物般喘息着，慢慢抬起了自己的身体，笔直地站了起来。上年纪的人，行走坐卧原本就很吃力，加上长时间端坐不动，不那样做就一下子站不起来。父亲站起来后，蹒跚着走出了房间。

滋干惊讶地跟在后面，父亲目不转睛地直视前方，下了台阶，穿上了金刚草鞋，站在地上。正是秋季，月光皎洁，四周虫声啾啾。滋干也跟着来到院子，随便趿拉了一双大人的草鞋，感到脚底凉丝丝的，就像在水中行走一样。月光照在地上，白得好像洒了一层霜，他恍然感觉已是冬季。父亲走着，清晰地映在地上的身影也随之晃动。滋干尽量不踩到影子，远远地跟在后面。滋干心想，父亲如果回头看一下就会发现自己，但是父亲似乎连走路都沉浸于冥想之中，不知不觉已径直出了大门，他好像正朝着某个明确的目标信步而去。

八十岁的老翁和七八岁的幼童，当然去不了太远的地方，然而滋干还是感觉走了好远的路。他远远地暗中跟在父亲后面，深夜的路上，除了这对父子外，一个人影也没有，白色的月光照在远处的父亲身上，不用担心会跟丢了。路旁先是一座座漂亮的瓦泥宅院，越往前走，房子越是寒酸，变成了竹篱笆和房顶上压满石头的板房，渐渐板房也稀疏起来，到处是水洼和空地，芒草等野草丛生其间。草丛中聒噪的虫声因两人走近而停歇下来，待两人一过又响成一片。越是接近城外，虫鸣声越是喧闹。到了这里已没有一个住家了，放眼望去全是蓬乱的野草，草丛中有一条弯弯曲曲的小路，它一会儿弯向这里，一会儿伸向那里，野草足有一人多高，不断遮挡住父亲的身影。滋干已将跟踪的距离缩短到几米近了，他不停地拨开从道路两旁伸过来的野草，袖子和衣襟都被露水打湿了，冰凉的露珠沁入了他的领口。

父亲走到小河的桥头，过了桥，并不继续沿此小路往前走，而是拐下了河边，穿过河滩似的沙地，朝下游走去。又走了有一百多米，来到一块小丘般隆起的平地，这里有三四个坟头，坟头的土都还是柔软的新土，坟头上插着的塔形木牌尚还是白色，借着月光，可以清楚地看见上面的文字。有的没插木牌，只插了松枝；有的没有坟头，只围了个栅栏，用石头堆成五轮塔；还有更简单的，只在尸体上盖了块苇席，供放一束花作为标志；有的木牌被最近的大风刮倒了，坟头的土也被吹散了，露出了尸体。

父亲好像在寻找什么似的在坟头间来回转悠。跟在后面的滋干几乎快要挨上父亲了，父亲不知意识到被人跟踪没有，一直没有回过头。一只正在啃食尸体的野狗突然从草丛里跳出来，然后慌慌张张地逃跑了，而父亲连看都没看一眼。他仿佛正异常紧张地专注于什么，从背影上也能看出来。过了一会儿，父亲站住了，滋干也马上停下了脚步，就在这个瞬间，滋干眼前呈现出了令人毛骨悚然的一幕。

月光像下了雪似的，把所有的东西都涂抹成了磷色，因此，滋干在最初的一刹那没有完全看清楚地上躺着的奇形怪状的东西是什么，凝神细看，才渐渐看清楚那是一具已经腐烂的年轻女尸。他是从四肢的肌肉和皮肤的颜色上残留的迹象判断出是年轻女尸的。她的长发连着头皮就像假发一样整个脱落下来，面部仿佛被压瘪了，又像是一个肿胀着似的肉团儿，内脏从腹部流了出来，上面爬满了蛆。在亮如白昼的月光下，看见这般恐怖景象时的感受可想而知。滋干吓得竟忘记扭过脸去，也忘了动弹，甚至连声音都发不出来了，仿佛被这光景捆住了手脚似的呆立不动。而父亲却静静地走到尸体旁，先恭恭敬敬地拜了拜，然后坐在了旁边的席子上。接着又像刚才在佛堂里那样凝神打坐，不时半闭着眼睛冥想，不时看一眼那尸体。

月光更加清明如洗，四野里沉入了更深的寂静，除了阵阵微风刮得芒草唰唰响之外，只有显得格外刺耳的虫鸣了。在这样的荒郊野外，看着如影子一般孤坐的父亲，滋干恍惚被带到了一个奇特的梦境，然而周围弥漫着的刺鼻的尸臭，又使滋干不得不被唤回到现实的世界来。

　　不知这滋干的父亲看女尸的场所具体在哪里，大概当时的京都里到处都有这样的坟地吧。由于当时天花、麻疹等疾病流行，死人很多。人们一是怕传染，二是无法处置，便不论什么地方，只要是空地，就把尸体抬去，草草埋上些土，或用草席一盖了事，那里想必也是这样一个地方。

一〇

在父亲对着尸体冥想的时候，滋干躲在一个坟头后面偷看，大气儿也不敢出。直到高挂中天的月亮开始西斜，自己藏身的坟头上的塔牌影子长长地横在地上时，父亲终于起身回家。滋干又和来时一样跟在后面往回走，过了小桥，来到芒草地时，父亲突然开了口：

"孩子……孩子，你知道今天晚上我在那里干什么吗？"

父亲停下了脚步，转过身来，站在小路中间等着滋干走近。

"孩子，我知道你在跟踪我，我有我的想法，才故意装着不知道的……"

见滋干默不作声，父亲缓和了一下声调用更加温柔的语气说：

"孩子，我不是在骂你，你跟我说实话好不好？今晚你一直在跟踪我吗？"

"嗯。"滋干点了点头，又辩白似的补充了一句，"我是担心父亲，所以……"

"孩子，你以为我疯了吧？"

父亲咧开嘴"呵，呵"地无力地笑了几声，笑声微弱得几乎听不见。

"孩子，不光是你，大家好像都是这么想的……但是我并没疯。这样做自有我的道理。孩子，为了让你放心，我可以告诉你我为什么这么做……你想听听吗？……"

就这样，父亲和滋干并肩往回走，一边走一边跟他讲了下面那些话。当时的滋干根本听不懂父亲说的话，他的日记里记录的并不是当时父亲所说的原话，而加入了多年后，他长大成人后的自己的理解，父亲说的是佛家的所谓不净观。只是，笔者不熟悉佛家教理，不知能否无误地表述出来。笔者为此专门拜访过平素承蒙眷顾的某饱学天台宗之士，还跟他借阅了参考书，然而越看越觉深奥难解。幸好在此不必深入讲解，所以只简略讲述一下与故事的进展相关的部分。

用汉字和假名写成的通俗易懂地解释不净观的书籍也许还有其他的，但据笔者所知，有慈镇和尚，即胜月房庆政上人所著的《闲居之友》一书。此书收录了《往生传》和《发心集》所提到的往生发愿者的传记及名僧智慧的逸话等。看了其上卷中的"低阶僧人侍候宫廷之余钻研不净观""可疑之人野地看尸发愿""青楼女尸"，下卷中的"看见宫中女官不净之姿"等便可大致了解所谓不净观为何事了。

现仅举书中的一个故事为例。

从前，有个在比睿山的某上人处服侍的僧人。他说是僧人，更像男仆，为上人做各种各样的杂役，平素对主人十分恭敬，做事一丝不苟，忠实可靠，所以上人非常信赖他。过了一段时日后，这个僧人每天一到傍晚就不知去向，第二天一大早才回来。上人听说此事后，猜想他一定是每天晚上去坂本那种地方冶游，于是内心憎恶起他来。又见他早晨回来的样子显得特别静默，总是满眼含泪，不愿见人，上人和其他人就以为他是在为女人伤心，而且越想越觉得就是这么回事，都深信不疑。可是，有一次上人派人跟踪了他，结果他下了西坂本（并非江州的坂本，而是位于比睿山西山麓，即今京都市左京区一乘寺附近），去了莲台野。跟踪的人感到非常奇怪，想看看他到底去干什么，只见他走进野草丛生的野地，来到腐烂得无法形容的死人身边，或闭目，或睁眼，一心诵起经来，念着念着竟放声大哭，整整一夜都是这样。直到拂晓的钟声响起时，他才抹去脸上的泪水往回走。跟踪的人也被感动得泪水涟涟。见差使这副模样，上人便问怎么回事。差使回答说，怪不得那僧人每次都是一副无精打采的悲伤模样，原来是这么回事……每天晚上他都如此这般……而我们却对去做圣事之人妄加猜疑，实在是罪孽。上人一听，惊讶万分，从此以后对这僧人另眼相看，尊敬有加。一天早晨，此僧将做好的粥给上人端来时，上人见四周没人，便问道：

"听说你修不净观，是真的吗？"

"哪里，那是有学问的了不起的人修的，我是不是那样

131

的人，从样貌上也能看出来吧。"

上人又道："你的事大家都知道了，愚僧内心一直觉得你很了不起，很难得，你什么都不用隐瞒我了。"

"那就恕我冒昧了。其实深奥的东西我并不懂，只知道一点儿皮毛而已。"

"那你应该修炼到有一定的功力了。且看一下此粥，试试你的修行。"

于是，僧人将木托盘撤掉盖在粥上，闭目凝神，过了片刻，掀开盖子一看，粥都变成了白虫子。上人见状哭泣起来，向僧人合掌恳求他一定要指导他。

——以上是"低阶僧人在寺院侍候之余钻研不净观"的故事，《闲居之友》的作者附言"此实为难得之事"，天台大师也在《次第禅门》中说："即便是愚钝之人，至冢边见腐烂尸体，也易大彻大悟。"想必这僧人或许也习过此书吧。《摩诃止观》中说讲"观"之时有一句"山河皆不净也，衣食亦不净也，饭如白虫，衣如臭物之皮"，那僧人之悟正与此圣教之文暗合，甚是了得。另有天竺国的某比丘也说"器物如

132

骷髅，饭如虫，衣如蛇皮"。大唐高僧道宣^①也说"器乃人之骨也，饭乃人之肉也"。按说无知的僧人不可能知道这些人的说教，却在实践着这些教诲，实在是难能可贵。一般人即便达不到这僧人的境界，如若能够明白这些道理的话，五欲就会渐渐消失，以至内心清净。——"不懂得这个道理的人，贪欲精美衣食，厌恶粗食敝衣，虽然善恶易变，都是轮回之因……如此，皆为徒劳无益，却于梦幻虚无之中长眠不醒，实乃可悲可叹。"

"某可疑男子野地看尸发愿的故事"也是大致相同的寓意。大概情节是某男子在野地里看见一具丑陋女尸，回家后女尸的样子便深深烙印在了脑子里，与妻子相拥入睡时，摸着妻子的脸，觉得那额头、鼻子、嘴唇等无不与死人相像，于是醒悟到世事无常之理。书中说："《摩诃止观》里讲述了，人死身腐，最终拾骨化烟，观此情景而悲叹。然未读此文之人，竟能自动发愿。"这就更加难得了。

---

① 道宣（596—667），唐代的高僧，南山律家的创始人。

要问究竟何为修行，就像禅师坐禅那样独自盘腿静坐瞑目沉思，将意念专注于一事。这"一事"即是，自己之身是父母淫乐的产物，原本产生于不净不洁的液体，用《大智度论》中的话说，"身内的欲虫在人们交合时，男虫为白精，如泪而出，女虫为赤精，如唾而出，二虫随骨髓如唾泪而出"，此赤白二液融合之物即是自己的肉体。其次要想，出生时要从一个充满臭气的通道出来，生出来后要大小便，鼻孔要流鼻涕，嘴里呼出臭味，腋下出着黏汗，体内积存着粪、尿、脓、血和油脂，五脏六腑里充满污秽之物，各种虫子聚集在里面，死后尸骸被野兽噬啮，被飞禽啄食，四肢分解，内脏外流，臭气熏人，恶臭散到三五里之外。皮肤变成黑紫后，比狗的尸体还丑陋。总而言之，就是要想，此身从出生之前直到死后都是不净的。

《摩诃止观》这本书论述了这些思想的顺序，认为种子不净或五种不净等都是因为人体之不净，解释得非常详细。书中还细致描述了人死之后的尸体变化过程。第一个过程叫作坏相，第二个过程叫作血涂相，第三个过程叫作脓烂相，第四个过程叫作青瘀相，第五个过程叫作唼相。还未观透这五相时，可能会一味倾心恋慕他人，而一旦看破之后，所有欲望将消失，刚才还感觉美的事物突然之间变得不堪忍受。没有看到大粪时尚可吃饭，一旦闻到了臭气，便恶心得难以下咽就是一个道理。

然而，只是独自静坐思考这些道理或想象变化的过程，仍然难于体会，偶尔到放置死尸的地方去，亲眼观看《摩诃止观》中所写的那些现象在眼前发生，也是其中一个方法，上面讲述的那个僧人就进行了这个实践。那僧人每天夜里翻山越岭去莲台野，不止一遍两遍，而是反复观察尸体的变化，将坏相、血涂相、脓烂相牢记于心后，只要在室内端坐冥想，便历历如在眼前。不仅如此，即使把众人眼中的美女带到他面前，在这修行之人的眼里也不过是一个由腐肉和脓血装填的丑陋皮囊而已。因此，据说试验修行功效时，常找来一美女，让其坐在眼前，凝神静观。修成此功之人，只要练起不净观，不仅活生生的美女在修行之人自身眼里变得丑恶不堪，就连第三者看来也变得同样丑恶了。那位僧人奉上人之命凝神看粥时，粥化为一堆白虫即是这种情况。这就是说，不净观修成正果时能出现这样的奇迹。

根据少将滋干的日记记载，他的老父亲老大纳言修的也是不净观。而且，老大纳言对那只失去的鹤——"声断碧云外，影沉明月中"的佳人倩影难以忘怀，不堪断肠之痛，为打消这幻影才起了这个念头。那天夜里，父亲给滋干讲了许多，从解释什么是不净观讲起，讲到自己是为了忘记对背叛自己的人的怨恨，忘记眷恋之情，拂去那人印在自己心底的美貌，断绝烦恼才修行的，自己的行为看起来疯疯癫癫的，那是因为正在修行。

"这么说父亲并不是今天晚上第一次去看那种东西吧？"

等父亲的讲述告一段落时，滋干问道。父亲点了点头。父亲早在几个月前就常常选择月明之夜，趁家人熟睡后，漫无目的地跑到荒野里的坟场去静坐冥想，天亮时再悄悄回来。

"那么父亲已经想明白了吗？"滋干问道。

"没有。"

父亲站住了，望着挂在远处山端的月亮，叹了口气。

"想明白很难哪。修成不净观，并不像说说那么容易的呀。"

后来，无论滋干问什么，父亲都不再理他，他好像在专心思考什么，一直到家都没有再开口。

滋干跟着父亲走夜路，这是仅有的一次。父亲早就瞒着别人去干这种事了，后来一定又去了几次，说不定第二天夜深后又悄悄推门而出。但父亲不想带滋干去了，滋干即便察觉也不想跟父亲去了。

那么，父亲对当时还不懂事的幼童谈论自己的心事，是出于什么考虑呢？滋干直到后来也一直百思不得其解，其实，他一生中和父亲如此长谈也只有这一次。当然，说是"交谈"，大部分是父亲在说，滋干在听，父亲的语调最初略显沉重，带有令少年压抑的阴郁之感，但说着说着就变成如泣如诉的语调，最后听来竟变成了哭腔，也许是滋干的心理作用吧。在幼小的滋干看来，忘记对方是个小孩、失去理智地倾诉内心的父亲，是很难成功彻悟的，恐怕不论如何修行也是徒劳，这使滋干感到恐惧。他同情因怀念所爱之人而日夜烦恼的父亲，不堪苦恼而求助佛道的行为，不能不为这样的父亲感到怜悯和痛心。然而老实说，父亲不努力保存母亲美丽的印象，反倒将母亲比作令人作呕的弃尸，想象成腐烂丑陋的东西，滋干不禁涌起一股近似愤怒的反抗之情。在父亲说话时，他有好几次忍不住要大声叫出：

"父亲，求求你，请不要玷污我最喜爱的母亲。"

自从那天晚上以后，过了十个月，第二年夏末父亲离开了这个世界。不知他临终时到底从色欲之界得到了解脱没有？不知他是不是把自己曾经那样眷恋的人，想象成一堆不值一顾的腐肉，而清雅、高贵、豁然地死去，还是像少年滋干猜想的那样，这位八十岁的老翁终究未能得到佛的拯救，再次被所爱之人的幻影缠绕，心中燃烧着炽热的爱情咽气的呢？——虽然滋干无法举出具体的事例说明父亲内心激烈斗争的结局，然而父亲的死法绝不是人们羡慕的那种平静的往生。由此来推测，滋干觉得自己那时的猜想好像没有错。

从一般的人情来说，对出走的妻子不能忘怀的丈夫，会把爱转移到妻子给他生的孩子身上并多加疼爱，以此来缓和无法排解的思念，然而滋干的父亲不是这样。在他看来，如果不能挽回弃他而去的妻子的话，任何属于她的东西，包括她的亲生骨肉，都绝不能减轻或代替对她的怀念。父亲对母亲的爱恋就是这样地纯粹，这样地执着。在滋干的记忆中，父亲并不是没有跟他和蔼地说过话，但是仅仅限于谈及母亲时，除此之外，他只是个冷冰冰的父亲。父亲满脑子都是母亲，以至于无暇顾及孩子，然而滋干不仅不觉得父亲的冷淡可恨，反而感到高兴。自从那天晚上以后，父亲对孩子越来越冷淡，完全不把滋干放在心上，一天到晚只是茫然凝视着面前的虚空。因此，有关父亲最后一年的精神生活，滋干从未听父亲提过，但是他察觉到父亲又开始酗酒，尽管他仍旧把自己关在佛堂里，墙上却不见了普贤菩萨的画像，他也不念经了，而是又吟起了白居易的诗，等等。

一一

　　关于老大纳言临终前一段时期的精神状态，笔者很想找到更详细些的资料，可是在《滋干日记》中没有得到更多的东西，所以从前后的情况来判断，只能这样认为：他最终也未能得到拯救——被心爱之人的美丽幻影打败，怀着永劫的迷惘死去。也可推论出，这件事对于老大纳言本人来说虽是非常痛苦的结局，但对于滋干来说，父亲没有亵渎母亲的美丽而死去，是最值得高兴的事了。

　　如上所述，老大纳言去世后的次年左大臣时平死去，以后的四十年间时平一族不断地衰败下去。天子经醍醐、朱雀到村上，藤原氏和菅原氏也由荣盛到枯衰，世道除此之外还有种种轮回变迁。有关其间滋干在何处如何成长，如何升到少将之位等情况，由于滋干在日记中忙于叙述母亲的事，无暇谈及自己而无法了解，但从所记述的事情来推断，父亲死后的几年，他大概是被乳母领养了。日记虽说明那位叫作赞岐的老侍女后来去夫人那儿成了本院的侍女，可之后再也没有在《滋干日记》里出现过。

另外，滋干大概因为和自己同父异母的兄弟以及他们的母亲之间毫无来往，所以在这部日记中没有提到一句他们的消息。但是滋干对于同母异父的弟弟中纳言敦忠，却怀有非同一般的亲情。他与敦忠不仅门第、官爵不同，而且双方的父亲因夫人的事有着隔阂，两人似乎都因此有所顾虑，避免互相过于接近。尽管如此，滋干却暗地里对敦忠的人品抱有好感，常常为他祈祷幸福，关注他的行动。因为，毕竟敦忠与母亲相像，一见到他，滋干就不由得想起昔日母亲的容貌并伤感不已，他在日记里也多次记述了这一点。他还哀叹自己的容貌不像漂亮的母亲而像父亲，母亲走后，父亲一味怀念母亲，却不爱自己，就是因为自己长得不像母亲的缘故吧。他羡慕敦忠在时平死后与母亲生活在一起，觉得母亲定是非常喜欢那位相貌堂堂的敦忠，而自己这样相貌丑陋的儿子，即便与她生活在一起，也不会得到宠爱吧？正像母亲厌恶父亲一样，肯定也会厌恶自己吧？

那么，滋干朝思暮想的对象，他的母亲在原氏，后来是怎样度过余生的呢？——时平死时她才二十五六岁。这位年轻美丽的寡妇是静静地过了一生呢，还是又跟了第三、第四个男人呢？从她以前当老大纳言的妻子时就曾与平中偷情来看，这样的女人暗中与人交欢也并非不可思议之事，但一切已无据可考。比起父亲来更偏爱母亲的滋干，即使听到不利于母亲的传闻，也不会记录下来，这里暂且相信他的日记，假设其母以抚养左大臣的遗孤敦忠为念，孤寂地谨守妇道吧。尽管如此，前夫老大纳言为了她日夜焦虑，抑郁而死，平中被她抛弃后为摆脱苦恼而追求侍从君，终于丢了性命，她听到这些会作何感想呢？左大臣专权时，她作为本院女主人受到众人的崇敬和羡慕，但左大臣死后，昔日的荣华化作一枕黄粱梦，她会因万事不如意而抱怨吧？对她倾注了火热爱情的男人们相继死去，左大臣一门由于菅丞相作祟也一个接一个地死去，最后竟连爱子敦忠也未能幸免，这一切使她深深体味到了冷彻骨髓的无常之风吧。

但是滋干对母亲那样地憧憬，为什么不去接近她呢？左大臣在世时还情有可原，大臣死去后并没有特别的障碍，却还要避讳敦忠，大概是由于他地位低微所以不能随意去看望母亲吧。关于这个问题，《滋干日记》里是这样记录的——自己十一二岁时，曾数次透露过想见母亲的愿望，但是每次乳母都阻止他说："世间的事往往不能如愿。你妈妈已经到别人家去了，你妈妈不再是你的妈妈了，她给比我们家高贵的人当妈妈去了。"——滋干还写到，后来自己长大成人，离开乳母的膝下独立生活之后，到了什么事都要自己判断、处理的年龄时，越来越理解了乳母的话，更没有机会和母亲相见了。自己的年龄越是增长，越是感到与母亲之间的距离在拉大。即便在左大臣死后，母亲依然是自己无法企及的云上之人，是众人簇拥的高贵人家的夫人，居住在漂亮宅第的珠帘之内。这样一想，正如乳母所说的那样，那人已不是自己能叫"母亲"的人了。可悲的是，必须把自己的"母亲"想成已经不在人世了——即使不这样想，滋干已经认定自己是和父亲一起被母亲抛弃的，因此对于母亲怀有某种固执的偏见，这成了与母亲之间的心理距离疏远的因素吧。

冬去春来，天庆六年三月敦忠死去，其后不久母亲出家，滋干肯定听说了这件事。迄今为止，滋干与母亲之间的障碍之一，似乎就是敦忠的存在，现在敦忠去世了，滋干与母亲团圆的机会到来了，只要滋干愿意，就能很容易地见到母亲。曾经横亘在他们中间的世俗义理，如今完全不存在了，况且母亲当了尼姑，在敦忠位于西坂本的山庄旁结庵度日，这些消息不可能不传到滋干的耳朵里。母亲周围已没有了监视的目光，草庵柴门不拒来者，对任何人都是开放的。如果是这样，想必滋干也有所心动吧，但似乎迟迟下不了决心，一直在犹豫。这其中既有上面说的乖僻或害羞的原因，也不能排除滋干害怕与现实中的母亲见面的心理。

这也难怪，从前父亲老大纳言修不净观时，滋干叹息这样亵渎了母亲美好的幻影而憎恨父亲——四十年来与母亲隔绝，把朦胧的回忆中的面影不断理想化，将其深埋在心中的

144

滋干，希望永远怀念的是幼儿时留下的母亲的记忆吧。四十年的斗转星移，经历了无数人世沧桑，最终遁入佛门的母亲，现在变成什么模样了呢？滋干记忆中的母亲，是头发很长、面容丰腴的二十一二岁的贵妇人，而隐居在坂本的草庵里的尼姑母亲，已是六十多岁的老妪，一想到这儿，滋干的心在冷酷的现实面前退缩不前了。在他看来，永远怀抱着昔日面影，回味着儿时听到的柔和的声音、甘美的熏香、毛笔在胳膊上行书时的笔尖的感触等来度日，比起品尝近乎幻灭的苦酒要强得多。滋干自己虽然没有把内心的真实想法写出来，但他在母亲遁入空门之后依然空耗了几年的岁月，笔者推想这大概是由于上面的原因。

滋干的母亲出家后居住在西坂本，即现在的京都左京区一乘寺附近，那里也是敦忠山庄的所在地。《拾遗集》第八卷"杂歌（上）"里有"权中纳言敦忠写于西坂本山庄的瀑布岩石"的和歌可做佐证。

瀑布引自音羽川，人心昭昭清可鉴。

从这首和歌可知，当时从京都市内骑马便可去山庄，说明不算太远。恰巧滋干时常去拜访住在睿山横川旁的定心房良源，聆听佛教教理，他在返回时如果取道云母坂下山的话，就能去到山脚下母亲居住的村庄。他确实也经常从山上满怀思念地眺望西坂本的天空，不由自主地朝那个方向走去过，但每次他都制止住自己，故意选择别的路下山。

又过了几年后的一个春天。滋干在横川的良源定心房借宿一夜，第二天太阳快下山的时候离开了那里，从峰道经西塔，过讲堂，来到根本中堂的十字路口时，忽然鬼使神差地走上了去云母坂的山路。说是"忽然"，但并非偶然起了这个念头的。以前他不止一次地想过要走这条路，可每次都抑制住了自己的冲动，而这一天正值阳春三月，云霞缭绕山间，景色十分诱人，所以竟忘情地想逍遥自在一番。虽说没有什么特别的事情要办，但从这条路下山就会走到西坂本，所以也不能说他没有一点想要看看母亲住在什么地方之类的念头。

滋干走上坡路时太阳稍稍西斜，走过水吞岭的地藏堂附近时听到音羽瀑布的声音，快走到山脚下的时候，一轮皎洁的月亮不知何时已挂在了天边。壬生忠岑的和歌中有这样一句：

飞瀑流逝已经年，黑迹历历阅沧桑。

咏的便是这个瀑布。瀑布最后归于音羽川，山路正是沿此河流而下，滋干顺着河流信步前行，来到一个低矮的篱笆院子前，透过里面的树木，可以看见一座别墅样的房子。滋干从塌落的围墙处跨进去，往里走了几步，环顾四周，阴森森的不像有人居住。房子的东边耸立着比睿山绵延的群峰，西边平缓的坡面上挖有池塘，砌有假山，引有流水，庭园的风雅依然可见往日的奢华，而今破败荒芜，地面杂草丛生，藤蔓像网一样缠绕着树干。

这里靠近高山，加上树木繁茂，阳光很稀薄，而且又是黄昏，空气冷飕飕的。滋干踏着去年的落叶，走近一座貌似上房的建筑。房屋已成废屋，拉门紧闭着，虽是傍晚，却没有一丝灯光。滋干坐在台阶上休息了一下，发现有个边门的合叶坏了，一扇门开着，便进去瞧了瞧，里面黑黢黢的，散发着潮湿的霉味儿。滋干猜想，这儿以前是谁的住处呢？会不会是已故中纳言的山庄呢？大概是中纳言死后无人居住，任其朽烂下去吧。如果是这样，曾经和中纳言一起生活在这个山庄里，中纳言死后在这附近结庵的母亲，现在恐怕就住在这一带吧？即便是弃世出家，一个女人也不可能住在这样寂寞的地方啊……滋干这样想着，沉浸在静谧的世界中。四周的阴暗和静寂越来越浓，一想到这里是母亲曾经住过的地方，滋干还是不忍马上离去。

这时传来潺潺的流水声，其中还夹杂着猫头鹰的叫声。他慢慢站起身，循着这声音沿人工水流绕过池塘，翻过假山，穿过树丛，一直往前走，果然看见山崖上挂着一条瀑布。山崖足有七八尺高，并不是陡峭的断崖，平缓的斜壁上四处摆放着奇异的石头，这是为了使瀑布蜿蜒流过石头中间时泛起白沫。崖上枫树和松树探出参差的枝干，遮盖在瀑布上方，但这瀑布一定是从刚才那条音羽川引来的水，注入这围堰之中的。这时滋干不由想起那首伊势和歌"瀑布引自音羽川"来，所说的瀑布无疑是这里了，因此这山庄是已故中纳言的别墅已经确凿无误了。

滋干见天色更加昏暗下来，水面已渐渐看不清楚，觉得该离开这里了，可又有些依依不舍，就跳着迈过水边的石头，朝瀑布流下来的方向走去。那边好像已经出了别墅之外，泉石的模样也没有了人造庭院的风情，变成了粗俗的山路。这时，忽见前面溪岸边的山崖上，有一棵大大的樱树盛开着烂漫的樱花，仿佛要把与笼罩四周的夜色赶走一般。纪贯之有一首咏红叶的和歌"开在深山无人赏"，此时此刻，在那山谷里，不为人知的报春之花，也必定是"夜之锦绣"了。这樱树正长在路边稍高的地方，只有这一棵鹤立鸡群般高高耸立，伸展开伞一样的枝干，把它的周围映照得红艳艳的。

谁都有过这样的经验，孤身一人走夜路时，偶尔会遇见独行的美丽女子，这比遇见男人还要令人感到可怕。同样，傍晚时分在这无人之境碰见静静盛开的樱花树，有种被魔怪附体的感觉。滋干怀疑起自己的眼睛来，并不急于靠近，而是站在远处观望。樱树所在的山崖，是个布满青苔的巨大岩石，距离河面有一丈多高，不知从何而来的一条涓细的清水，绕过崖边流进小溪里。山崖半腰上有一簇胡枝子，垂向下面的溪水。奇怪的是，自己在这里已待了很长时间，可是对面的景色依然这样鲜明地出现在眼前——难道是花色起了雪光似的作用，从暗处映衬出周围的景物吗？——滋干忽然发现这不是花的作用，原来正照在樱树上方的月亮，此时突然明亮起来。土地湿漉漉的，身上感觉凉丝丝的，而天上却是三月典型的微微阴着的天，朦胧夜色映照出锦簇的花云，这充满了樱花香气的山谷，笼罩在幻境般的光影中。

滋干幼年时，曾跟踪父亲去过野地，在苍白的月光下目击了凄惨的一幕，但那时是秋天深夜的冰冷惨白的月光，不是今天这样朦胧的、像棉花一般轻柔而温暖的月光。那时的月光将地上极其细微的东西都照得一览无余，能让人清楚地看见在尸体的肠子上蠕动的一只只蛆虫，而今晚的月光虽将纤细如线的涓涓水流，兀自飘落的一片片花瓣，棣棠花的黄色等都真切地映照出来，还用线条将这一切镶进画框，宛如一张张幻灯片，令人感觉如远离现实的海市蜃楼般描绘在空中的瞬间世界，只要一眨眼睛就会消失……

这实在是不可思议的奇特的光照，滋干觉得有些恍惚，不知怎么会处于这样的情境中。就在这时，滋干看见了一个万没想到的东西——一个白色的蓬松之物，在樱树下游动。由于一枝开满樱花的枝丫恰巧垂在它上面，开始没看清楚是什么，如果是一朵花，又太大了。说不定那松软的白色东西在他发现之前便已在那里了。滋干定睛一看，是个矮小的僧侣——从低低的个头和纤细的肩头来判断是个尼僧——站在树干旁边，这尼僧——看样子像是，头上严严实实地戴着年老的僧人经常用来防寒的白绢帽，他大致推测就是这个白帽子在风中晃动吧？但他看到那白帽子时仍以为自己是在梦中，心想在这种地方怎么会有尼姑呢？难道自己在做梦吗？不然就是遇见了夜樱的树精了……就这样，他内心想要否定自己的视觉世界，故意不相信自己亲眼所见的一切。

然而，尽管他拼命地否定，随着遮住月光的云雾逐渐退去，那人影立刻清晰起来了，刚才还半信半疑的东西，现在确实看清是个尼姑了。她戴的帽子就像后世的高祖头巾那样将头部全部包裹起来，甚至垂到了肩头，所以从这里看不见长相。她凝神仰望着天空，不知是在欣赏樱花，还是在观看照在樱花上的月亮……然后，尼姑静静地离开了樱树，朝崖下走去。走到清水旁时，她弯下腰，伸手折了一枝棣棠花。

就在尼姑折花枝的时候，滋干也不知不觉走了过去。他尽量放轻脚步，悄悄从后面走近她，只见尼姑拿着折下来的棣棠花直起了身子，又转身朝山崖那边走回去。到了这里才发现，崖上的青苔中间有一条不明显的坡道，走到坡道的尽头，有个歪斜的小院门，看样子这里面就是庵房了。

"请问……"

尼姑发觉身后有人吃了一惊，猛地一回头时，仿佛有人从背后推了滋干一把似的，他一步迈到尼姑面前。

"请问……您莫非是已故的中纳言殿下的母亲？"滋干结结巴巴地说。

"人们曾经这样称呼过我……您是……"

"我是……我是……已故大纳言的儿子滋干。"

接着，他再也控制不住自己了，突然叫了声：

"母亲！"

见如此身材高大的男子突然靠近自己，尼姑跟跄着，好容易才在路旁的石头上坐了下来。

"母亲！"

滋干又叫了一声。他跪在地上，抬头望着母亲，那姿势就像是趴在她的膝盖上似的。被白帽子遮着脸的母亲，在月色花影的辉映下，仿佛背后衬托着一轮光环，是那样地娇小可亲。四十年前的春天，在幔帐后面被母亲搂抱时的记忆，又历历浮现在眼前，一瞬间他感觉自己变成了六七岁的幼童。他推开母亲手里的棣棠花枝，使自己的脸尽量贴近母亲的脸。他贪婪地闻着她那黑色僧衣袖子上散发出的香气，这熏香勾起了他那遗失已久的回忆，他像个撒娇的孩子似的，用母亲的袖子不停擦拭着倾泻而出的泪水。

图书在版编目（CIP）数据

少将滋干之母 /（日）谷崎润一郎著；竺家荣译.
北京：作家出版社，2024.11. --（谷崎润一郎经典典藏）.
-- ISBN 978-7-5212-3146-5

Ⅰ. I313.45

中国国家版本馆 CIP 数据核字第 2024HJ5485 号

少将滋干之母

作　　者：〔日〕谷崎润一郎
译　　者：竺家荣
责任编辑：田一秀
装帧设计：芬　妮
出版发行：作家出版社有限公司
社　　址：北京农展馆南里 10 号　　　　邮　　编：100125
电话传真：86-10-65067186（发行中心）
　　　　　86-10-65004079（总编室）
E-mail:zuojia @ zuojia.net.cn
http://www.zuojiachubanshe.com
印　　刷：河北京平诚乾印刷有限公司
成品尺寸：128×175
字　　数：71 千
印　　张：5
版　　次：2024 年 11 月第 1 版
印　　次：2024 年 11 月第 1 次印刷
ISBN 978-7-5212-3146-5
定　　价：49.00 元